Author 羽田遼亮

Illustration マシマサキ

英雄支配のダークロード

Dark lord of heroic rule

愚者の魔王
ダークロード・フール
Dark lord Fool
「……あなたは?」

と問うた。

「愚者のダークロード・フール」

正直に姓名を名乗る。

「……魔王様」

「そうともいうな。今日から君の主だ」

「……新しいご主人様」

「その言い方はあまり好きじゃないな」

「……それでは魔王様」

「まあ、それでいいか。君の名前は?」

「……名前はありません。奴隷の子ですから」

名を与えられた従者《メイド》
スピカ

「……神よ」
神に愛される聖女
ジャンヌ・ダルク
Jeanne d' Arc

「我の名は九郎判官義経。
義経と呼べ」
戦場の申し子
源義経
「敵は愚者の城にあり」
天下の謀反人
明智光秀

「虚空の因子よ、
純粋な破壊力を抽出し、爆ぜよ。

森羅万象の魔素を結集させ、
滅びの言葉を刻まん！」

contents

Dark lord of heroic rule

英雄支配のダークロード

羽田遼亮

GA文庫

カバー・口絵　本文イラスト
マシマサキ

序章

カルディアス大陸――、多元的な宇宙のどこかに存在する異世界。

この世界には二二人の魔王《ダークロード》が存在しており、覇《は》を競い合っていた。

彼らは情け容赦なく戦《いくさ》奴隷を使役し、悪徳に満ちた謀略を張り巡らせ、無慈悲な政治を行っていたが、誰《だれ》ひとり勝者の栄光を掴《つか》むことはできなかった。

カルディアスは三〇〇〇年に及《およ》ぶ騒乱の歴史を有していたが、どれほど歳月をかけても大陸を統一する才能が現れなかったのである。

いや、正確には大陸を統一しかけた魔王は幾人かいた。

しかし、大陸統一目前まで迫ると、魔王に不幸が訪れる。

部下による暗殺、伝染病による病死、身内の不幸に起因する憤死、中には落雷による死者もいた。

まるでこの世界を創り上げた創造神が、この世界が統一されるのを厭《いと》うかのような意思さえ感じさせるが、それでも魔王たちは争いを続けていた。

その生存本能を満たすかのように戦いの中に身を置いていったのである。

「愚かなことだ」

二二人の魔王のひとり、〝愚者〟のフールはため息を漏《も》らす。

それを聞き漏らさなかったのは、フールが召喚した英雄にして軍師、〝ジャンヌ・ダルク〟。

金色の髪を持つ美しき処女は率直《そっちょく》に質問をする。

「フール様は戦争がお嫌いなのですか？」

忠実な軍師である彼女は、きょとんとして尋ねてくる。

「ああ、嫌いだね。戦争というやつは生産性という言葉の対極にある。ただただ消費し尽くすだけの愚行だ」

「しかし、フール様はこの世界を支配する二二人の魔王のおひとりではありませんか？」

「たしかに俺《おれ》は愚者のアルカナを持つダークロードだが、頭の中まで愚かではない。この一〇〇年、戦争は一切《いっさい》していない」

「愚者の街の民はフール様の威徳を称《たた》えておりますが、その平和もフール様の自尊心と引き換えと聞きましたが」

「明智光秀《あけちみつひで》にでも聞いたか」

「はい。あの老人から聞き及びました」

「ならば隠せないか。そうだ。俺は平和を得るため、周辺勢力にこびを売った。税収の半分を貢《みつ》ぎ、他の魔王の誕生祭の際はみずから使者として赴《おもむ》き舞を披露した。酒宴の席で頭から酒を掛けられたこともあるかな」

「なんと酷《ひど》い！　そのような輩《やから》、即刻首を刎《は》ねましょう！」

ジャンヌは激高するが、押さえさせる。彼女が激発すれば一〇〇年の計が無駄になるからだ。

「しかし、万乗《ばんじょう》の君《きみ》にして神君であらせられるフール様が侮辱されるなど、このジャンヌ耐えられません」

「耐えてくれ。なにせ俺はこの一〇〇年の間、我慢に我慢を重ねてきたのだから」

「なんと」

「ああ、税収の半分は隣国の魔王に渡していたが、半分の基準は〝当時〟のもの。今は〝隠し田〟や〝密貿易〟で当時の数倍の収入がある」

「まあ、すごい。さすがはフール様」

恍惚《こうこつ》の表情を浮かべるジャンヌ。

「要はこの一〇〇年間、力を蓄えてきたのだよ」

「蓄えた力を解き放って、カルディアス大陸統一に動き出すのですね」

「ああ、そのつもりだ」

「素敵……逝《い》ってしまいそう……」

身もだえするジャンヌ・ダルク。

彼女はこことは違う世界の英雄であり、聖女であるが、ちょっと頭のネジが外れている。

無我夢中で俺を愛し、崇拝してくれているのだが、常軌《じょうき》を逸《いっ》している側面がある。

生まれつきこういうタイプの人間だったのか、あるいは壮絶な〝火あぶり〟を経験したからなのかは分からないが、ともかく、ぶっ飛んでいる。

カルディアス大陸統一を宣言した瞬間、兵を召集しようとするあたりもやばいし、景気づけにサキュバスを連れてきて乱痴気騒ぎをしよう、と提案するあたりもやばい。

ちなみに彼女は処女であり、今後も処女で通すそうだが、処女でも〝俺を喜ばす〟術は熟知しているそうな。

無論、そんな術は必要ないが。

俺が彼女に求めるのは、節度と情報の統制であった。

軍師であるから、一〇〇年の計と大陸統一の意思を伝えていたが、全軍に通達するのはまだ早かった。

計画が露見すれば周辺国に警戒される。

愚者の魔王フールは周辺国に侮られることによって国力を増強してきたのだ。

やつらの心臓に剣を突き立てるその日まで、戦力を過小評価してもらっているほうが助かるのである。

そのように思っていたのだが、計算違いが起こる。

来たる日まで内密にしようと思っていた国家機密が漏洩《ろうえい》してしまったのだ。

それを知らせてくれたのは老臣明智光秀だった。

「魔王殿！　魔王殿！　大変ですぞ！　この愚者の街に〝乱波《らっぱ》〟が忍び込んでおりました！」

息を切らせながら報告してくれるは異世界の戦国武将、明智光秀。

彼はこの国に紛《まぎ》れ込《こ》んでいた間者《スパイ》の存在を告げる。

どうやら俺の国を調べるために間者を送り込んでいた魔王がいるようだ。

小賢《こざか》しい――と言ってやりたいところだが、一〇〇年間も隠れながら生産力を増強させてきた俺が言う台詞《せりふ》ではない。

ただ、黙って見過ごすこともないが。

「間者はまだ我が国に留《とど》まっているのだな」

「はい。仲間と合流して馬を得たようですが、まだ領内です」

「馬か。となると追撃部隊は追いつけないか」

「それがしの独断で追わせておりますが、間に合うかどうかは難しいところです」

「さすが明智光秀、かの信長公《のぶながこう》が寵愛《ちょうあい》しただけはある。迅速《じんそく》で的確な判断だ」

「有《あ》り難《がた》き仰《おお》せ」

「しかし、絶対に捕捉し、始末せねば」

「今からこの光秀が単身、追撃しましょうか？　魔王殿より賜《たまわ》った八脚馬《スレイプニル》を使えばあるいは」

「明智光秀は知勇兼備の武将だ。間者ごときに負けるとは思えないが、万が一もある。それに俺は最近、運動不足でな」

「そのもの言い、まさかフール様が出陣される気なのですか？」

ジャンヌはくわっと目を見開きながら言うが、そのまさかであった。

「ああ、これでもダークロードの端くれなのでな。愚者のダークロードは最弱ということになっているが」

「フール様は最強でございます！」

ジャンヌは即座に反論する。

「ではそれを証明しようか」

そのように纏《まと》めると、《転移》の魔法を唱える。

愚者の城の塔のてっぺんに転移すると、全身で風を感じる。

「外の風は久しぶりだな。心地いい」

そのような台詞を貰《もら》うと、《視力強化》の魔法で遠方を見る。

遥《はる》か先に土煙を上げる騎馬の一団を発見する。

「見つけた。この距離ならば《飛翔《ひしょう》》を使えば届くな」

《飛翔》の呪文《じゅもん》を詠唱すると、背中に黒い翼を生やす。

漆黒の天使のような翼をはためかせると、そのまま塔の上から跳躍した。

鳥になったかのような軽《かろ》やかな動きで、騎馬の集団の前方に降り立つと、やつらを足止めするため、大地に手を付ける。

「大地に根ざすいにしえの力、
地の巨人の膂力《りょりょく》を借り、
大地を隆起させよ！」

《大壁》の魔法を唱えると、やつらの前方に巨大な土壁が現れる。

垂直の壁は馬ごときでは登れない。

やつらの前進は止まる。

「くそ、魔術師か、厄介な」

数十秒ほどどうするべきか悩む間者たちだが、後方に土煙を見つけると、前進するしかないという結論に達したようだ。

殺意の籠《こ》もった目で俺を見つめる。

「その黒衣の姿、貴様は愚者の国のダークロード・フールだな」

「ああ、相違ないよ」

「貴様は我らの国をたばかり、隠し田を作り、密貿易に手を染めていた」

「それも間違いない」

「明らかな盟約違反だ！」

「だろうな」

暖簾《のれん》に腕押《うでお》しの俺の態度に業《ごう》を煮《に》やす。

「開き直る気か！」

「まさか。そんな大それた性格はしていない。小心者なんだよ、俺は」

事実である。

「だから貴様らをこの場で全員始末する。悪いが秘密を知ったものを生かしておくことはできない」

「殺されてたまるか！」

剣を抜き放つ間者たち。

「貴様はダークロードだが、二二人いるダークロードの中でも最弱であると聞いている」

「らしいな。先祖代々、そんな扱いだ」

「愚かすぎて周辺諸国の侵略を受けなかったと聞くぞ」

「ああ、要は味噌《みそ》っかすだな。だから先祖代々、兄弟の中で一番の無能が当主の座を引き継ぐことになっている。周辺国への配慮だな」

「ならば愚者のダークロードの家名はここで途絶える。我々が貴様の首を奪ってくれる」

「差し上げたいところだが、俺にも〝大志〟があってね。それを果たすまで死ねん」

そう言い放つと、指をはじく。

すると地面からにゅるにゅると植物の蔦《つた》が伸びてくる。

人間の腹回りほど太さがあるそれは、意志を持つかのように間者を縛り上げる。

「ぐ、ぐがあー！」

「な、なんだこれは？」

「それは魔界の食虫植物だ」

「魔界の食虫植物だと⁉」

「ドラゴンすら捕縛して食することがあるという化け物だ。先ほど大地の精霊と交信したときに埋めておいた」

「く、なんと狡猾《こうかつ》な……」

「魔王としては最高の褒《ほ》め言葉だよ」

そう言うと六人いた間者たちのうち、三人を縛り上げる。ひとりはなんとか蔦を取り除こうとするが、残りふたりは仲間を見捨て、突撃してくる。

「いい判断だ。魔界の植物はおまえたちの剣ではどうにもならない」

――もっとも、と続ける。

「愚者フールもおまえたちではどうにもならないのだが」

俺は一、二小節ほど呪文を詠唱すると、火球を作り出す。

それをふたりの中間地点に投げ放つ。

ふたりはそれなりに離れていたが、俺の火球の威力はすさまじく、着弾すると大きな炎柱を上げる。

地獄の業火によって焼かれる間者ふたり。

悲鳴すら焦《こ》げ付《つ》かんばかりであった。

「………」

その姿を哀れみの目で見つめると、最後の間者に視線を移すが、いつの間にか彼はいなくなっていた。

仲間を助けることも、俺を殺すことも諦《あきら》めたようだ。

逃亡を選択したようだが、彼は一同の中で一番賢いようである。

仲間の馬の尻《しり》を剣で刺し、八方に走らせていた。

その中の一匹の〝腹〟にしがみつき、攪乱《かくらん》する気のようだ。

「単純だが効果的だ。光秀の追っ手も撒《ま》けるかもしれない」

事実、あとからやってきた追撃の集団も、どの馬を捕縛していいか困惑している。

俺は上空に飛ぶと、光秀が捕縛できなかった馬に狙《ねら》いを定める。

「戻らずの森に向かったのか。――厄介だな」

†

光秀を振り切った間者は馬の腹から背に移動すると、鞭《むち》を入れた。

曲芸のような技であるが、諜報機関《ちょうほうきかん》で訓練を受けていたものならば誰でもできる芸当であった。

「……く、それにしてもなんて強さの魔王なんだ」

背筋が凍るような思いで先ほどの戦闘を回想する間者。

「魔界の食虫植物を草花でも扱うかのように操《あやつ》る知識と技術」

「ただのファイアボールをファイアストームのように昇華させる魔力」

それだけでなく、効果的に土の壁を出現させたり、あっという間に自分たちを補足したり、その抜け目のなさはとても〝愚者〟のアルカナを持つダークロードとは思えなかった。

「……あるいはもしかして国力を過小評価していたことよりも、あのものの強さと賢さを警戒すべきなのではないだろうか……」

間者はそのように思い、一刻も早く主に報告するため、北上を続けたが、北に鬱蒼《うっそう》とした森が見えてくる。

「おお、天佑《てんゆう》だ。あの深い森に入れば魔王も追撃できまい」

もしもフールがその台詞を聞けば首肯することだろうが、彼は知らない。この森には〝どんでもない化け物〟が住んでいることを。

†

愚者の国には『戻らずの森』という森がある。

一度足を踏み入れれば二度と戻って来られないとの伝承がある森である。

そんな森に間者は逃げ込んだのだが、その選択は間違っていると断言してもいいだろう。

この森には地元の狩人さえ近寄らないのだ。

配下のものにも近寄るなと厳命してあった。

土地勘のない異国のものが生きて戻ってこられるわけがない。

「ならばこのまま放置でいいのではないですか?」

とは、いつの間にかやってきていた金髪の乙女ジャンヌの言葉である。

「それでもいいのだが、万が一ということもある。それにたとえ死体となっても記憶を掘りおこすことは可能だ」

「まあ、怖い」

ちっとも怖そうにしないジャンヌ。

「死霊魔術というやつがある。隣国の魔王はそれが得意だと聞く」

「神の意志に反する邪法です」

十字を切り、神に祈りを捧《ささ》げ、隣国の魔王に天罰が下るように祈るが、苦笑してしまう。

「なにがおかしいのですか？」

「いや、君は魔王を憎んでいるようだが、俺はいいのかと思って」

「フール様は別儀でございます」

「同じ魔王だが」

「魔王ですが、愛と慈《いつく》しみに溢《あふ》れる魔王です。あなたさまの領地をご覧なさい。だれひとり奴隷がいない。人間界から召喚した戦奴隷もドワーフもエルフも魔族と同等に扱っています」

「そっちのほうが生産性が高いからだよ」

「そうだとわかっても実行できる魔王はフール様だけかと」

「ありがとう」

「それだけでなく、私はたしかに聞きました。この世界に召喚されたとき、神の啓示《けいじ》を聞いたのです」

「神はなんと言ったんだ？」

「この世界に安寧と平穏をもたらす魔王に尽くしなさい。その身を捧げなさい、と」

「以来忠節を尽くしてくれているわけか。感謝する」

「この身はまだ捧げておりませんが」

もじもじとし始めるジャンヌ。

彼女は信仰との兼ね合いで処女は失えないが、それ以外はなんでもやるという偏った思考を持っていた。

野外プレイもばっちこい、とのことであったが、部下で性欲を満たすほど落ちぶれてはいない。なんとなく、はぐらかすと森の奥に向かった。

戻らずの森はその名とは裏腹にそこまで大きくない。半日もあれば横断できるほどであった。さらにいえば半日も歩かなくても〝脅威〟と遭遇することに。

森の奥からうなり声のようなものが聞こえる。

巨大ななにかが腹の底から発する重低音だった。

ジャンヌは十字架を握りしめる。

「……神よ」

ちなみに聖女ジャンヌ・ダルクの武力はそれほどでもない。

個人的武力は我が軍団の指揮官の中でも低いほうだろう。しかし、彼女には《聖なる旗手》という特殊能力がある。

「聖なる旗手とは私が旗振り役となって突撃すると、味方の士気を大いに高める効果があるのです」

俺の心を覗《のぞ》いていたかのように説明を始めるジャンヌ・ダルク。

付き合いも長くなってきたので心を忖度《そんたく》できるようになっているのだろう。

しかし、《聖なる旗手》のスキルもこの森では役立ちそうにない。士気を高めるべき軍団がいないからだ。この薄気味悪い森には俺とジャンヌと間者しかいなかった。

――いや、もうひとり女性がいたようだ。

絹を裂くような悲鳴が聞こえる。

「どうやら俺たち以外にも別の人間がいるらしい」

「この危険な森にどうして？」

「魔物はこの森の外周部には出ない。だから周囲の村人が危険を覚悟で山菜などを取りに来ることがあるという」

「そこで血相を変えた間者に出くわして森の奥に逃げた」

「そんなところだろうな」

そのようにつぶやくと、悲鳴の出所に向かうが、道中、不気味なものを見せられる。

散乱する人間の手足があったのだ。

右腕、左足、腸《ちょう》に目玉も転がっている。

「これは間者のものですね」

ジャンヌは冷静に足を拾い上げ、分析する。

「だな。この様子だと頭部も残っていないだろうが、一応確認に行くか」

「悲鳴の主も気になりますしね」

うなずき合うとふたり、速度を上げたが、一〇〇メートルほど森の奥に入ると〝そいつ〟はいた。

緋色《ひいろ》の翼を持つグリフォンだ。

「あれは〝緋色のグリフォン〟。この森の主だ」

「間者の臓腑《ぞうふ》を喰《く》らっていますね。……その横にいる少女は無事のようです」

緋色のグリフォンが美味《うま》そうに間者の内臓を喰らっている横にいる少女、彼女は顔面を蒼白にし、震えている。

「襲う気配はありません。案外慈悲深いのでしょうか」

「そうじゃない。頭がいいんだよ。この季節だ、この場で殺せば肉が腐る。しかし、生かしておけば肉は腐らない」

「保存食……」

「そういうことだ。あの少女が逃げ出そうとすれば真っ先に殺すはず」

「腰を抜かしたのが奏功したのですね」

「そういうことだ。しかし、それだけじゃないようだぞ」

見れば少女の目には生気が感じられない。

首には鉄の鎖も見える。

「あの少女は奴隷のようですね」

「奴隷商人から逃げてきたのだろうな。たしかにこの森は身を隠すのにちょうどいい」

「辛《つら》い人生を送ってきたので、生きることを諦めてしまったのですね」

「ああ、そういうことだ」

「ならばあの少女、死なせてやりますか？」

「……そうだな」

同意しようとした瞬間、風が吹く。

木々が揺らぎ、鬱蒼とした葉の陰から太陽が顔を覗かせる。

それによって少女の顔が一瞬、陽光に照らされる。


その瞬間、俺の中の時が止まる。


メイド服を身に纏った少女、痩《や》せ細った少女の顔に見覚えがあったのだ。

「――まさか、そんな」

あり得ない、その言葉だけはかろうじて飲み込む。

俺の視界に入ってきた少女、彼女がかつて俺の運命を変えた少女にそっくりだったのだ。

しかし、彼女がこの世界にいるはずはない。

彼女は暗黒の力によって地獄に縛り付けられているのだ。

その魂が輪廻《りんね》し、復活することはなかったし、ましてや肉体が復活することはない。

つまり確実に別人であるのだが、それでも〝彼女〟は〝彼女〟に似ていた。

かつて俺が愛した〝大聖女〟の生き写しがそこにいた。

「…………」

言葉を失っている俺を見て、ジャンヌは怪訝《けげん》な顔をする。

「フール様、いかがされたのですか？　あの端女《はしため》になにか？」

「……なんでもない。ジャンヌ、あの少女を救うぞ」

「救うのですか？　しかし、あの娘には生きる気力がありません」

「ならば与えてやるまで。ここで会ったのもなにかの縁だろう」

「分かりました。では私が隙《すき》を作りますので、その間、緋色のグリフォンをお願いします」

ジャンヌはそう言い終えるや否《いな》や、持っていた間者の足を投げつける。

ばしっ、と緋色の翼に足が当たると、グリフォンは俺たちの存在に気が付く。

「そこのダサい色のグリフォン、男の肉など食べてもまずかろう。このジャンヌは十九歳の生《き》娘《むすめ》ぞ」

そう言い放つとスカートをたくし上げ、生足を見せる。

大抵の生き物は雌のほうが肉が柔らかく、美味なものである。ジャンヌの挑発も相まって、グリフォンは彼女に興味を示した。

その隙をぬって《加速》の魔法を使うと、やつの横をすり抜け、メイド服姿の奴隷少女を救う。

彼女は虚《うつ》ろな目で、

「……あなたは？」

と問うた。

「愚者のダークロード・フール」

正直に姓名を名乗る。

「……魔王様」

「そうともいうな。今日から君の主だ」

「……新しいご主人様」

「その言い方はあまり好きじゃないな」

「……それでは魔王様」

「まあ、それでいいか。君の名前は？」

「……名前はありません。奴隷の子ですから」

「君の主はなんと呼んでいた?」

「イットでございます」

「変わった名前だ」

「意味はとある地方の方言で〝それ〟という意味でございます」

「それは酷いな」

「前のご主人様は奴隷に名前を付けるのさえ面倒くさがる方でした。母は〝あれ〟と呼ばれていました」

「なるほど、そのうちに名前を変えたほうがいいと思うが、今は火急のとき、イットでいくぞ」

「はい」

素直に従うイット。奴隷である彼女は他人の意思に反することを知らないのだろう。

楽で助かるが、これもまた是正していかなければならないことだった。

「それでは人間の娘、イットよ。これから俺はあのグリフォンを倒すが、決して前に出てこないように」

「はい」

そう言うと彼女は下がろうとするが、腰が抜けて動けないようだ。

仕方ないので俺が前衛に出ると、それと同時にジャンヌが飛び込んでくる。

以心伝心、彼女はそのままイットを抱きかかえて後方に下がる。

武力はない娘だが、こういった機微には通じていた。使い勝手のよい娘である。

そのように称すと、俺は呪文を詠唱する。

攻撃魔法を放つのではない。防御障壁を張るのだ。

俺はグリフォンのくちばしが古代魔法言語を詠唱しているのを見逃さなかったのだ。

頭が鷲《わし》、身体が獅子《しし》のグリフォンは幻獣に属す知性のない生き物とされるが、希《まれ》に魔法を使う個体もいるという。

緋色のグリフォンは希少な例に属すのだろう。

なかなかに高威力の《火球》を放つ。

ただの魔族ならば黒焦《くろこ》げになっていたところだが、幸いと俺は防御魔法も一流だった。

強力な炎の球を一瞬で消火すると、そのまま攻撃態勢に入る。

やつと同じ《火球》の魔法を放ったのだが、俺の火球はやつよりも二回り大きかった。

グリフォンの身体は炎に包まれるが、魔法の腕前はともかく、緋色の翼の防御力は半端《はんぱ》なかった。超高熱の火球の一撃さえ耐える。

「さすがは魔の森の幻獣、一筋縄ではいかないか」

そのように称賛するが、負けるつもりはない。

魔法だけで仕留められるとも思っていなかったので、そのまま第二撃に移る。

高速で移動しながら、腰の短剣を抜き放つ。

ちなみに俺が装備しているのは、パラケルススの短剣、別名アゾット。「完全なるもの」「始まりと終わり」の異名を誇る短剣であるが、刀身に特別な効果はない。

ただ、異様に頑丈で、柄に秘薬を入れられるのが長所だ。

その秘薬によって短剣に様々な効果を与えるのだが、今、この柄に入っている秘薬は爆薬だった。

数百年前に発明された火薬を進化させたもので、魔法が使えなくても爆破《ばくは》属性を発揮することができる優れものだ。アゾットに入れて使えば、短剣自体に爆破属性を付与できる。

俺は遠慮なしにアゾットをグリフォンの右目に突き刺すと、爆破力を解放させた。

右目を刺されただけでも厄介なのに、爆破属性まで付与されたグリフォン。たまらずのけぞるが、それがやつの敗因となった。

俺に呪文を詠唱する隙を与えてしまったのだ。

「鬼に金棒、フールに時間」

俺に猶予を与えて生き延びたものはいない。個体ならば魔法で粉砕され、群体ならば知略によって滅してきたのだ。

この緋色の翼の化け物も例外ではなかった。

「虚空《こくう》の因子よ、
純粋な破壊力を抽出《ちゅうしゅつ》し、爆《は》ぜよ。
森羅万象《しんらばんしょう》の魔素《マナ》を結集させ、
滅びの言葉を刻まん！」

フレアと呼ばれる無属性魔法を放つ。

禁呪魔法のひとつで、魔王クラスのものしか扱えない魔法であるが、その中でも俺のフレアは威力が桁違《けたちが》いであった。

緋色の有翼鷲を持つグリフォンは緋色の翼に力を込め、必死の防御をするが、むなしい抵抗にすらならなかった。

あっという間に原始に還元していく有翼の獅子。

痛みの咆哮《ほうこう》すら上げる暇なく、この世界から消失する。

やつの周りの木々も消え去る。

俺の目の前にあるのは巨大なクレーターと、焼け焦げた木々だけだった。

その光景を見てイットは言葉を漏らす。

「す、すごい。これが魔王様の力……」

正確にはダークロード・フールの力だ。他の魔王ではこのような力を発揮することはできない。俺だからこそ、このような圧倒的な力を発動することができるのだが、ただの人間であるイットに説明しても分からないことだろう。

だから俺は彼女に手を差し出すと言った。

「怖い思いをさせたな。しかしもう大丈夫、我が城にこられよ。衣食住の不自由はさせない」

彼女は申し訳なさそうにするも拒絶する意思は見せなかった。

俺の言葉を信用してくれたのか、他に選択肢がなかったのか分からないが、

「……はい」

と小さくうなずいてくれた。

第一章　ヴァルプルギスの夜

†

このようにして、俺はひとりの奴隷を保護した。

ジャンヌは気に入らないようだが、光秀《みつひで》はなにも言わない。

「端女《はしため》が足りないと思っていたのでちょうどいい」

とさえ言ってくれた。

実際、愚者の城の端女は足りていなかった。

俺《おれ》が軍備と内政にばかり予算を割いていたせいである。

愚者の城はとてつもなく広大なのだが、その半分以上を閉鎖し、少ない人員でも運営できるようにしていたのだ。

「魔王殿は贅沢《ぜいたく》に関心がなさすぎます」

湯漬けと呼ばれる質素な食べ物が好きな光秀にそんな皮肉を貰《もら》うほど、俺は華美とは無縁な生活を送っていた。

それ自体、褒《ほ》められることなのかもしれないが、発想の転換も求められる。

「魔王殿があまりに質素な生活をしていると、家臣もそれにならわないといけません。魔王殿より贅沢をするわけにはいかないのですから」

「なるほど、たしかに。それに上のものがあまりにも質素だと経済が回らないしな」

「そういうことです」

老臣の進言の正しさを認めた俺は、これを機会に〝人並み〟の魔王の生活をすることにする。

愚者の城を三分の二、解放すると、それに応じて使用人の人数を増やした。

迎賓館《げいひんかん》を開放して、他国の客人を招けるようにする。

食堂も開放して、家臣たちと宴《うたげ》を開けるようにする。

庭園や東屋《あずまや》を開放し、花鳥風月を愛《め》でられるようにもする。

王侯貴族らしい生活ができるようにしたのだ。

「一〇〇年前より税収が相当上がっていますし、これでもまだ質素かと」

光秀は過去の資料を見ながらそのように結論づけるが、珍しくジャンヌが正論を述べる。

「フール様が王侯貴族の生活を営むのは賛成ですが、あまりに華美な生活を送ると、隣国に我が国の国力を察知されるのではないでしょうか？」

エキセントリックな考えしか浮かばない娘にしては珍しく正論であるが、今回はその心配は不要だった。理由を述べる。

「この一〇〇年間、隣国に貢《みつ》ぎ物《もの》を渡し、我が国を過小評価させるように仕組んできたが、それももうじき終わる」

「なんと」

「『ヴァルプルギスの夜』――ですな」

老臣光秀が俺の考えを代弁する。

「そうだ。もうじき、数年に一度の宴が始まる」

「ヴァルプルギスの夜とはなんなのですか？」

「ヴァルプルギスの夜とは数年に一度、大陸中の魔王が集まる宴のことだ」

「そんな宴が……」

「ジャンヌ殿は前回のヴァルプルギスの夜にはまだ召喚されておりませんでしたからな」

「そのヴァルプルギスの夜になにが起こるのです」

「前回のヴァルプルギスの夜はなにも起きていない。昔は魔王間の重要な決議がなされていたらしいが、この数百年、この大陸を席巻《せっけん》する大勢力も現れていないしな」

「別名魔王懇談会になりつつあります」

「しかし、次のヴァルプルギスの夜は違う」

「どう違うのです」

「魔王たちの面前で最弱の魔王の座を返上すると宣言する」

「おお、素晴らしい」

「さらに今現在の国力を宣言する」

「一流国であることを示すのですね」

手を組み合わせながら感動する聖女様。

「我々が〝負け組〟でも〝愚か〟でもないことを世界中に宣言する」

「有り難《あがた》いです」

「ヴァルプルギスの夜、世界中が我らに刮目《かつもく》し、注目することになるだろう。一〇〇年に及《およ》ぶ雌伏《しふく》は終わりだ。我らがこの混沌《こんとん》とした世界に新たな秩序を作り出す！」

そのように宣言すると、老臣明智《あけち》光秀は血肉をたぎらせる。

「魔王様の大志、ぜひとも成就させましょう」

聖女ジャンヌ・ダルクも感涙にむせぶ。

「フール様の夢を叶《かな》えるためにこのジャンヌ、この世界にやってきたような気がします」

ありがとう、と、ふたりの忠臣に礼を言うと、来たるべきヴァルプルギスの夜に備え、兵馬の訓練をさせた。指揮官タイプの彼らは喜んでそれに応じると、武具の調達、訓練の組み立てを行う。

優秀な連中であるが、ひとつだけ問題があるとすれば、彼らの武力だろうか。

指揮官、文官としての能力は一流な彼らであるが、個人的な武勇はそうでもない。

明智光秀は織田信長《おだのぶなが》の家臣として近畿《きんき》方面の司令官を務めたが、武力が優れているという逸話はない。さらに彼は老齢の身だった。

ジャンヌも同様で、フランスからイングランドを駆逐し、シャルル七世の王位継承に尽力したが、個人的武勇ではなく、そのたぐいまれなカリスマ性によってそれを実現させたのだ。

つまり、このふたりは荒事《あらごと》に向いていなかった。

少なくとも俺のように前線で戦えるほどの力は持っていないのだ。

「……そうなるとヴァルプルギスの夜の前に前戦で戦える指揮官を用意しておかないとな」

そのような結論を口にすると、ジャンヌはにやりとして同意した。

「そうおっしゃると思っておりました」

彼女がそう言うと後方からメイドたちがやってくる。

彼女たちはジャンヌが指揮を取るメイドたちの一団だ。ジャンヌは俺の軍師にして侍従長でもある。

エキセントリックな彼女に鍛えられたメイドたちは、一糸乱れぬ行軍で室内に入ってくる。

皆、本が満載された銀のワゴンを押していた。

その中に新入りのイットもいるが、彼女は黙々と仕事をこなしている。

しばし見入ってしまうが、大切な軍議の最中であることを思い出すと、軽く咳払《せきばら》いをし、意識をジャンヌに集中させる。

聖女ジャンヌと視線が交《まじ》わると、彼女は語り出す。

「以前より光秀殿と協議し、〝三人目〟の英雄を召喚すべく準備しておりました」

「そうか、それは助かるな」

「はい。ヴァルプルギスの夜に備え、必ず英雄が必要になると思っていましたから」

「俺は吝嗇《けち》なところがあるからな。必要以上に金のかかることはしないし」

この世界は魔王が支配する世界。

各魔王は魔族や魔物だけでなく、異世界から人間や亜人を召喚したりして戦力を増強する。

それだけでなく、各魔王には〝切り札〟ともいうべき〝英雄〟が存在した。

ここことは違う世界で活躍した英雄を召喚し、指揮官に据えるのが戦略の基本なのである。

目の前にいるふたりもそうやって召喚した英雄だ。

ちなみに明智光秀は一〇年前に召喚した。

とある古本屋で太田牛一《おおたぎゅういち》という人物が書いた『信長公記』の写本を見つけたのだが、それを元に英雄召喚を行った。

英雄を召喚するにはその英雄にまつわる逸品を捧《ささ》げなければいけないのだが、それだけでなく、金や銀などの貴金属、希少鉱石、希少な素材、ときには血肉も捧げなければならない。

ちなみに呼び出す英雄のランクが高ければ高いほど、要求される生け贄《いにえ》の量は増える。明智光秀はCランクの英雄だったので、生け贄は馬と豚十数頭で済んだ。

もしも〝織田信長〟のほうを選んでいれば生け贄は人間を捧げなければ駄目であったろう。

それは俺の性格的にできないし、税収が増えたとはいえ、無理はできなかった。

ちなみにジャンヌはBランクの英雄だ。

世界的な知名度はあるのだが、実績が乏しい。

史実の彼女はただの旗振り役で、歴史に影響を与えた英雄ではないのだ。

明智光秀とジャンヌという不遇英雄を配下に加えたとき、隣国の魔王は、

「さすがは〝愚者〟のダークロード。選ぶ英雄も愚かだな。負け組は負け組を選ぶものらしい」

と笑った。その魔王はA級やS級の英雄で陣容を固めていたのだ。

そのときは愛想笑いを浮かべるだけであったが、内心ではこう思っていた。

（……その〝負け組〟を使っておまえのような魔王を殺すから面白《おもしろ》いのではないか）

と。

無論、すぐには実行できなかったが、もうじきそのとき思ったことを実行できそうではあった。

そのように過去を思い出していると、光秀が部下に金銀を持ってこさせる。

その量に驚く。

「これはすごいな。いつの間にこんなに貯《た》めた」

「魔王様に内緒でへそくりを。魔王様は放っておくとすぐ民のために使ってしまいますから」

「……ありがたい」

「それがしと同じ織田家の武将に山内一豊《やまのうちかずとよ》というものがおりました。そやつ自体、箸《はし》にも棒にもかからない凡将なのですが、その妻が賢妻でしてな」

「知っている。たしか夫のためにへそくりをし、晴れの日に夫に差し出したんだよな」

「そうです。信長公の馬揃《ぞろ》えの日に金子《きんす》を使ったのです。真横で見ていましたが、なかなかの馬でした」

「その故事にならってくれたわけか。——俺もいい家臣を持った」

「神に純潔を捧げたので妻にはなれませんが、妻以上のことはいたします」

「ジャンヌも協力してくれたのだな、ありがとう」

二人に礼を言うと、俺はジャンヌが用意してくれた古文書の山を見つめる。

「古今《ここん》の英雄の記録です。偽書《ぎしょ》も多いですが、探せば本物もあるかと」

「真贋《しんがん》を見極《みきわ》め、その中でコスパのいい英雄を探すのだな」

「その通り。我らを見つけたときのような眼力を発揮してください」

光秀はそう言うと真っ先に本に手を伸ばす。

ジャンヌは神に祈りを捧げる。

彼女は農民の娘、文字を読むことができないので、神に祈ることによって手伝ってくれているのだろう。また、メイドに指示を飛ばし、他の文官の労をねぎらう。

メイドたちは次々にお茶を入れ、甘い菓子を用意する。

カフェインと糖分によって元気いっぱいになった文官たちは、奮《ふる》って活躍し、次々と古文書を読破していったが、二七時間後に成果が現れる。

明智光秀がとある本を見つけたのだ。

きっかけはイットだった。

彼女は一心不乱に古文書を読み続ける光秀のために、彼の好きな渋めの番茶を注《そそ》いでいた。そのとき光秀が捨てようとした書物を指さしてこう言ったのだ。

「この書物は大切なもののような気がしますが、本当に処分してもいいのでしょうか？」

「ん……？　それか？　あまりにも小汚いので『いらない』のほうに置いてしまったが、たしかに目を通していなかったな」

一応、目を通しておくか、と光秀は老眼鏡の位置を調整しながら本を読むと、

「むむ、これは⁉」

と、うなる。

なにごとか、と他の文官たちは目を見張る。

光秀は周囲の文官に、

「日本史が得意なものは……」

と言葉を投げかけるが、彼の視界の中で一番日本史に詳しいのは俺であった。

僭越《せんえつ》ながら魔王殿に読んでもらうか、と俺に本を渡す。

彼から本を受け取ると、薄汚れた題名を読み取る。

「……あ、づ、ま、か、がみ……、吾妻鏡《あづまかがみ》か!!」

「左様です」

「それは?」

ジャンヌが興味深げに尋ねてくる。

「これは日本の鎌倉《かまくら》時代に成立した歴史書だ。源《みなもとの》頼朝《よりとも》という武家政権の長とその一族の記録を記したものだな」

「なるほど、ジャパニーズ・ショーグンの記録ですね」

「そういうことだ。しかし、まあ、よく見つけたな」

「愚者の城のメイド部隊は優秀なのです」

にっこりと微笑《ほほえ》み、頭を垂れるメイドたち。とても麗《うるわ》しい。

「それでこれは本物なのですか?」

「おそらくは本物だと思うが、ところどころ汚れており、判読できない」

光秀は悔しそうに言う。

「保存状態が悪かったのだろう。しかし、破れているわけではないから、どうにでもなる」

俺はそう言い放つと、《浄化》の魔法を唱えた。

汚れというものはたいてい、ミネラルが付着してできる。

例えば血の汚れなどは、水分と鉄分を分離してやれば、あっさりと取れるものだ。

この世界には魔法という便利なものがあるから、汚れなどいくらでも除去できる。

基本魔法も得意な俺は、吾妻鏡から汚れを分離すると、それを取り去った。

新品同様――は言い過ぎか。しかし、ぴかぴかと光彩を放つようになった吾妻鏡を開く、読みふけること三〇分、本物であると確認する。

「おお、それはすごい！」

興奮する光秀。

「さすがはフール様！」

歓喜の声を上げるジャンヌ。

「さっそく、その源頼朝というジェネラルを召喚しましょう」

気がはやるジャンヌだが、それには同意できない。

「なぜです？　日《ひ》の本《もと》で一番の将軍なのでしょう？」

「その通りだが、源頼朝は英雄のランクが高い。ここにある金銀と素材では召喚できないんだ」

「なるほど」

「それに俺の人材招集哲学として、ランクの低い〝負け組〟の英雄を集めたい。そっちのほうがコスパがいい」

「余計な生け贄も不要ですしね」

「そうだ。勝利を得るために人間を生け贄に捧げるのは趣味じゃない」

「ならば木曽義仲《きそよしなか》はどうです？　平家《へいけ》を都から追い出した猛将ですぞ！」

「ほう、『火牛《かぎゅう》の計《けい》』で有名だったな」

「その通りです。日本有数の英傑にして、負け組でもあります」

「たしか平家を追い出したはいいが、結局、源頼朝に負けた英雄だ。しかし、我が軍はまだ少数だ。彼のような猛将は扱いにくい」

「むむう、たしかに」

「勢力が小さい以上、指揮官がそれぞれに考えながら戦わないと兵力が消耗してしまう。なので知勇兼備型の武官がいい」

「——となると」

日本人である光秀はなんとなく察しがついているようだ。

「そういうことだ。吾妻鏡といえばあの男しかおるまい」

「あの男と申しますと？」

「ヒント、日本史史上随一の騎馬戦術が披露された合戦」

「『一ノ谷《いちのたに》の合戦』ですな！」

「そういうことだ」

「一ノ谷の合戦？」

フランス娘であるジャンヌは首をひねる。

「一ノ谷の合戦とは、西暦一一八四年に行われた合戦のことだ。平家と源氏が雌雄を決した戦いで、源頼朝の弟、〝源 義経《みなもとのよしつね》〟が騎兵を率いて断崖絶壁を駆け下りて平家軍の側面を突き、勝敗を決した戦いだ。ちなみにそのわざを〝逆落《さかお》とし〟という」

「断崖絶壁を……逝《い》かれてますね……」

旗を持って前線に飛び込むのが得意な女性に言われたくないだろうが、九〇度近い断崖を馬で駆け下りた義経はたしかに逝かれていた。

「その源義経を召喚するのですね」

「ああ、義経は負け組だし、知勇兼備の良将だ。Cランクの英雄であるというのも有り難い」

「ならばさっそく召喚しましょう」

逸《はや》るジャンヌであるが、今回は止める必要はないだろう。

俺は部下たちに召喚の間に金銀財宝を運ばせる。素材も。

「生け贄は城下にいる豚と鶏《にわとり》でいい。しばらくは精肉市場が高騰してしまうだろうが、それで英雄が手に入るのならば安いもの」

「愚者の街の民はフール様に心酔しております。文句を言うものはいないかと」

もしもいるのならば、このジャンヌが成敗《せいばい》いたしましょう、とも言う。

彼女ならば本当に首を刎《は》ねてしまいそうなので、重ねて「不要」と申しつける。

「言論の自由は保証しなければ。俺の統治に問題があるのならば堂々と異を唱えてほしい」

「さすがはフール様、度量も魔王一番でございます」

「褒めてもなにも出ないぞ」

そのように冗談を言うと、英雄召喚の儀式を始める。


英雄召喚はまさしく大儀。

場合によっては丸三日掛かる。

英雄に捧げる血肉の準備、素材の吟味、魔法陣も高等で複雑なものが必要であった。

国中の魔術師と邪神の司祭を集めて描くこと丸一日、その間、素材の吟味も済ませ、最後に完成した魔法陣の上に「吾妻鏡」を置く。

ちなみにここに「偽書」を置くと魔法陣が暴走を始め、負のエネルギーが暴走することがある。かつて英雄召喚の儀式の失敗により、一国が滅びたという伝承もあるくらいだった。

無論、俺がそんなヘマをするわけがないが。

スペルミスひとつない魔法陣。

素材の順番、量もわずかばかりのミスもない。

そして肝心の吾妻鏡も偽物《にせもの》である可能性はほぼなかった。

しっかりとそれを確認した俺は、呪文《じゅもん》を詠唱する。

高位の魔術師四九人と司祭七七人が同時に呪文と祝詞《しゅくし》を唱える。

俺は魔王のみが発することができる特殊な詠唱呪文を唱える。

かがり火を焚《た》き、二七時間ほど詠唱を続けると、吾妻鏡が光り出す。

「成功です！」

二七時間、眠らずに艱難辛苦《かんなんしんく》を共にしてくれたジャンヌが叫ぶ。

その声によってまぶたを閉じていた光秀が起きる。

「この瞬間を待っておりましたぞ！」

寝てたじゃない、とジャンヌは思ったようだが、常日頃《つねひごろ》から老人は大切にするようにと言ってあったので、皮肉は口にせず、英雄が召喚される様を見守る。

光り輝く魔法陣、英雄は徐々に具現化される。

頭からつま先の順に、構成されていく英雄。

黒髪を結い上げ、着物を纏《まと》った姿、背中には大太刀《おおだち》を括《くく》り付けている。

小さな身体には不釣り合いの太刀であるが、それは豪傑の証《あかし》でもあった。

「なかなかに強そう」

ジャンヌは素直な感想を述べる。

「当たり前じゃ。この方は源氏の御曹司《おんぞうし》の弟御《おとうとご》ぞ」

光秀自身も源氏の血筋だからだろうか、義経贔屓《ひいき》であるようだ。

ふたりのやりとりを横目にするが、俺は少しだけ違和感を覚えていた。

（……妙に線が細い英雄だな）

源義経は小兵《こひょう》だという逸話もあるが、それにしても細い。まるで婦女子のようだ。

それに服を着ているのも気になる。

光秀とジャンヌを召喚したとき、彼らは全裸だった。

文献を読みあさると、大抵全裸で召喚されるとあるから、義経のほうが例外だといえるだろう。

「……婦女子のような線の細さだなあ。肌も女のように白い」

もしかして、と想像してしまう。

とある俗説が頭をよぎる。

牛若丸《うしわかまる》と呼ばれた白皙《はくせき》の貴公子源義経、彼は実は女であった、という伝承があるのだ。特に後世、元号が昭和以降になるとその説は支持され、多くの創作によって義経女体化がされてきた。

もしかしてその説は正しいのではないか、という疑惑が湧《わ》く。

俺はその説を確かめようと、義経の胸に手を伸ばすが、それは彼（彼女）によってはねのけられる。

「この痴《し》れ者《もの》が！」

義経はそう言うと、俺の頬《ほお》に一撃を加えようとするが、颯爽《さっそう》とかわす。

いきなりビンタをかまそうとした義経を見て、ジャンヌは激怒して旗でぶん殴ろうとするが、それを止める。

「やめろ。今のは俺が無礼すぎた」

ジャンヌは納得いかないという顔をするが、ビンタは未遂だったので渋々、矛を収める。

「すまない、雌雄が気になったのでつい。もしも本当に女だったら礼節を欠いていた」

「…………」

ぎろり、と大きなまなこでこちらを睨《にら》むが、俺が主であると分かっているのだろう。それ以上の不平は言わなかった。

「こちらも失礼した。いきなりだったので」

「破廉恥《はれんち》な行動だったよ。しかし、性別だけははっきりさせておきたい。君は女性なのか？」

「…………」

その問いを受けると、彼は非常に困ったような顔をした。

「……母上に嘘《うそ》はつくなと言われて育ったのに」

と涙目になっている。

つまり女ということだろうか。

返答に困っている義経だが、意を決すると、

「我の名は九郎判官《くろうほうがん》義経。義経と呼べ」

と言った。

その後、しばらく沈黙すると性別について妙案を思いついたようだ。

「義経にとって性別など些細《ささい》な問題。男だろうが、女だろうが、どうでもいいこと。しかし、収まりがつかないのならば、性別は〝義経〟とするがよかろう」

「性別が義経ね……」

「うむ。男でもあり、女でもあり、どちらでもいいという意味だ」

そう言い張ると、自分でも気に入った、と高笑いを上げる。

そして大太刀を抜き放ち、剣舞をすると再び名乗りを上げる。

「源義朝《みなもとのよしとも》が一子にして、源氏の棟梁《とうりょう》、源頼朝の弟。かしこくも朝廷より判官の官位を賜《たまわ》ったものだ。今後ともよろしく」

名乗りと剣舞を終えると、にこりと白い歯を見せる。

武士らしからぬ表情であった。

女子のように見えたが、それは突っ込まないほうがいいだろう。

なにせ彼女の性別は「義経」なのだから。

†

源義経という武官を手に入れた今、これできたるヴァルプルギスの夜に向けた準備は万全である。

光秀とジャンヌによる兵の調練も順調に進んでいた。

光秀は大陸中を駆け回り、安くて優秀な武具を集めてくれている。

また新しく増えた武官の義経の部隊を編制するため、ジャンヌは奔走する。

そのカリスマ性を生かし、愚者の国中を回って傭兵《ようへい》をかき集める。

魔族、人間、ドワーフ、エルフ、種族問わず魅了するジャンヌ。

その美しさもであるが、なんとも言いがたい魅力によって人々を惹きつけるのだ。

「さすがは農民の娘ながらフランス中に愛された娘だ」

そのように纏めると、俺は彼らの補佐をするため、夜中まで書類仕事に明け暮れた。

政治力と魅力が高いふたりの英雄が実務を担当し、それを承認し、決済するのが俺の仕事であった。

彼らが十全に働けるよう、夜中まで書類仕事に明け暮れていると、深夜、俺の書斎に人影が現れる。

敵意はゼロ、むしろ影のほうが怯《おび》えていたので、警戒させないように優しげに声を掛ける。

「こんな夜中まで仕事とは大変だな」

「……それはこちらの台詞《せりふ》でございます。……フール様」

見れば淡い髪と肌を持った少女がそこにいた。

メイド服がとても似合う少女。

先日、『戻らずの森』で拾ったイットという名の少女だ。

「――そういえば君の名前を考えた。スピカというのはどうだろうか？」

「スピカ……綺麗《きれい》な名前です」

「いい名前だろう」

「はい」

「異世界の夜空に浮かぶ星、乙女座《おとめざ》に連なる星の名前だ。君のような可憐《かれん》な乙女に相応《ふさわ》しい」

「わたしは奴隷にございます」

「それも昨日まで。今日からは違う。君はもう〝それ〟ではない。スピカという名前を持つ人間だ。そしてこの国では人間は奴隷ではない」

「……それなのですが、なぜ、この国には奴隷がいないのですか？」

「不思議か？」

「はい、とても不思議です」

「なるほど、たしかにそうだ。我が愚者の国でも一〇〇年ほど前には奴隷がいたからな」

「一〇〇年ほど前になにかあったのですか？」

「たわいない昔話だが聞いてくれるか？」

「はい。ですが、その前にお茶でも」

シルバーワゴンを押してきた彼女はお茶を勧めてくる。

深夜なのでカフェインがないハーブティーを持ってきてくれたようだ。

細やかな心遣いである。

「ありがとう。それではそれを飲んだら話そうか」

そのように微笑むと、彼女は嬉《うれ》しそうに茶を注いでくれた。

リラックス効果のあるハーブティーを嚥下《えんげ》すると、俺は昔語りを始めた。

「昔、とある王子がいた。この世で一番愚かで、臆病《おくびょう》な王子だ」

「――あなた様のことですか？」

「さてね、匿名希望とだけ。彼は愚者のダークロードの息子だったのだが、親の跡を継ぐのが厭《いや》で厭で仕方なかった」

「王になるのがお嫌だったのですか？」

「厭だったね。究極的に面倒だった。愚者の国は二二ある国の中でも最弱、周辺諸国に舐《な》められっぱなし、貢ぎ物を渡さなければならない。父親は無能を絵に描いたような男、自分の妻や娘を他の魔王に提供して、領土の保全を図る無能だった」

「…………」

「そんな無能の跡を継ぐのが厭で厭で仕方なかった。他人に舐められるのが厭で厭で仕方なかった。だから王子はある日、家を飛び出した。王子の立場を投げ捨て、冒険者となったのだ」

「…………」

「王子は世界中を見て回った。他の国々を見て回った。あらゆる国で差別され、酷使されている人間や亜人たちを見た」

「それで情が湧《わ》いたのですか？」

「まさか。王子はそんな出来た人間じゃない。むしろ、侮蔑《ぶべつ》した。こいつらは弱い。意志が薄弱だから魔王に好きなように扱われるのだ。人権を奪われるのだと思った。彼らの弱さを唾棄《だき》していた時期もあるよ」

「そのようなあなた様が――いえ、王子がなにゆえ、仁愛に目覚めたのです？」

「――とある女性と出逢った。君のような銀色の髪を持つ少女だ。人間たちからは大聖女とあがめられていた」

「ジャンヌ様のような？」

「確かにジャンヌもそうだな。ただその女性はジャンヌよりも儚《はかな》く、なにものも侵すことのできない神聖さと力強い意志をたたえていた」

「彼女に感化されたのですね」

「そうだ。彼女の生き方、考え方に感化された。彼女の起こした奇跡を間近で見た」

「奇跡……」

「そうだ。奇跡だ。彼女は石皮病《せきひびょう》と呼ばれる不治の病を患った人間を治療し、死の瞬間を看取《みと》った。感染率が非常に高い病気にもかかわらず、病人に口移しで薬を飲ませた」

「……なんと慈悲深い」

「石を投げつけられている売春婦がいた。彼女は売春婦の前に立つと言った。今まで罪を犯したことがないものだけが石を投げなさい、と。やがて民衆は自分の愚かさに気が付き、石を投げるのを止めた。――彼女は石で傷だらけになったが」

「……気高いお方」

「飢饉《ききん》が起こった村に行くと、彼女は隣のものにパンを分け与えた。己《おのれ》が一週間もなにも食べていないにもかかわらず。それに感じ入った隣人は己の食料を半分、隣人に分け与えた。その隣人もまた半分、隣のものに分け与えた。やがて村中に食べ物が行き渡った」

「……地に足がついた奇跡です」

「そうだ。王子は衝撃を受けたよ。こんな女性が世の中に存在することに。気が付いたら王子は彼女の虜《とりこ》になっていた」

「大聖女様を愛するようになっていたのですね」

「…………」

こくりとうなずく。

「他愛のない昔話だったろう？」

「……その大聖女様に似ているからわたしを救ってくれたのですか？」

「さっきも言ったが、これはある冒険者の話だ。そしておそらくは代償行為」

「代償行為でもかまいません。それによってわたしは救われました」

「そう思ってくれるのならば嬉しい。〝彼女〟も喜んでくれるだろう」

さて、昔話もこの辺にして、そろそろ仕事を再開するかな、と執務机に戻る。

「……最後にもうひとつだけ聞いてもよろしいですか？」

俺の背に語りかけるスピカ、質問の内容は分かっていたので、機先を制す。

「死んだよ、彼女は。――とある魔王に殺されたんだ。その魂は煉獄《れんごく》をさまよっているはず。それを救うのと、彼女が望んでいた五族協和が俺の目的だ」

それを聞いた彼女は無言で深々と頭を下げ、執務室を出ていった。

†

「ヴァルプルギスの夜」とは異世界が語源の言葉だ。

異世界の魔女たちが集まる特別なサバトのことであるが、いつの間にかこのカルディアスの魔王たちの宴を指す言葉になっていた。

こちらの世界のヴァルプルギスの夜は、数年に一度、開催される。

大陸中から魔王が集まり、諸事を相談する会議の場であるのだが、それも形骸化《けいがいか》して久しい。

現在では単に魔王の顔見せの場となっていた。

「この一〇〇年、魔王の数にほとんど変動がないからな」

魔王の勢力比が動かない以上、政治も過去の慣例に従うしかなく、諸王会議としての本質は失われつつあった。

「まあ、この数百年、無意味に殺し合いを続けてきたということであるのだが……」

しかし、その愚行もこれまで。

今宵《こよい》を境にヴァルプルギスの夜を無意味な宴から、意味のあるものにしたかった。

後世、このヴァルプルギスの夜を境に歴史が動いた、そう記されるような夜にしたかった。

そう思った俺は、意気揚々と着替えをする。

その姿を見て、老臣明智光秀は、

「魔王殿が衣装に凝るとは珍しい」

と口にする。

ジャンヌは、

「正装をなさるとフール様はなお美しい」

と乙女の目になっていた。

着替えを終えると、スピカは埃《ほこり》ひとつ付いていない外套《がいとう》を用意してくれる。

魔王が着るような真っ黒な外套だ。

ダークロードらしさが醸《かも》し出《だ》せる。

これらは今日のために用意した特注品であり、目玉が飛び出るほど高いものであったが、気にしない。

今までは衣服になど気を遣ったことはなかったが、今宵だけは違う。

今宵、俺は他の魔王に喧嘩《けんか》を売る。

隣国の魔王たちから独立を図るのだ。

その際、みすぼらしい衣服を身に着けていたら、他の魔王に馬鹿《ばか》にされる。

愚者の国の魔王は最弱との評判であったが、それも今宵まで、この国には一流の富があり、一流の兵がおり、一流の王がいることを内外に喧伝せねばならなかった。

というわけで奮発した衣装であったが、鏡を見るとなかなかに勇ましい。

「馬子《まご》にも衣装《いしょう》」

と自分でそのように評すと、ヴァルプルギスの夜の会場に向かった。

ちなみに会場へは転移装置で一瞬だ。

開催場所を提供している魔王が、「転移の間」を開放してくれているのだ。

この日に限り、他の魔王も転移を妨害することは有り得なかった。


今年のヴァルプルギスの夜は、北部にある〝皇帝〟のアルカナを持つダークロードの城で行われる。

北部に巨大な勢力を持つ魔王で、北部を制圧するのはこのもの、ともっぱらの評判であった。

ちなみに我が愚者の国は、カルディアス大陸中央部にある。

カルディアス大陸は手裏剣《しゅりけん》の形をしているのだが、中央部分は大小様々なダークロードが割拠《かっきょ》しているのだ。

「中央は交通の便も良く、豊かだが、その分、東西南北から攻められるのが弱点だ」

ドレスを着たジャンヌに説明する。

「その不利な状況の中、フール様はよく国を保たれています」

「全方位土下座外交と、地の利のおかげだ」

愚者の国は大陸中央に存在するが、その代わり周囲を山に囲まれている。いわゆる盆地の中にある。守りやすく、攻めにくい地形をしているのだ。

また愚者の国は大昔から舐められていた。

「このような国、滅ぼすまでもない。従属させればそれでよし」

と周囲からお目こぼしを受けてきたのだ。

「山岳地帯だが、鉱山物資がないし、攻め取る価値もないのかもしれないが」

そのように纏めると、ジャンヌを伴って、会場に向かう。

ヴァルプルギスの夜の会場は盛大で華やかだった。

会場の造りは立派で、シャンデリアが設置され、赤い絨毯《じゅうたん》が敷き詰められている。

至る所にテーブルがあり、その上に山海の珍味と高級酒が用意されている。

魔族の娘が半裸のような姿で酒や煙草《たばこ》を配って回っていた。

そんな中、人間の娘を連れている俺は場違いではあるが、彼女は会場にいるどの美姫よりも美しい。

堂々とジャンヌを連れ回すと、会場の魔王に挨拶《あいさつ》をした。

皆、うさんくさげに俺を見下ろすが、ジャンヌのせいではないだろう。

元々、俺は最弱の魔王、この一〇〇年、会場の隅でひとりワインを飲んでいた。

いきなり話し掛けられても戸惑うというものであった。

しかし、それでも俺は名前と顔を売る。

今年からこの宴の主役は俺になるのだ。

主演俳優は舞台挨拶をするものであった。

「華やかなパーティーですな。皇帝のダークロードの細やかな心遣いも感じ取れる」

堂々と話し掛ける。

彼らは驚くが、なにごとも堂々としていれば受け入れられるもの、すんなりと談笑の輪に入る。

和《なご》やかに会話を続け、魔王たちに顔と名前を売り込むが、それが気にくわない魔王が現れる。

俺が西国の魔王と今年の作物の実りについて話していると、とある魔王がわざとぶつかってくる。

ワインを片手に談笑していた俺はワインをこぼしてしまう。

ジャンヌは怒り心頭であるが、控えさせると、逆に俺が謝る。

「これはこれは。我が国の盟主である〝戦車〟のダークロードではございませんか」

見ればそこには蜥蜴《とかげ》の魔族がいた。緑色の薄気味悪い魔王である。

俺は悪意で背中を押されたことなど気にする様子もみせず、優雅に挨拶する。

「おお、誰《だれ》かと思えば、愚者のダークロードではないか。西方の魔王の集まりになにか用か」

戦車の魔王は意地の悪さを隠さない。

「特段用はございません」

「それにしては各魔王にアピールしているようだが」

「はい。今年から少し意識を変えまして。顔と名前を覚えてもらおうと努力しています」

「ほお、その吠え面《づら》を他の魔王に覚えてもらってなんになる？」

悪意に満ちた言葉だが、気にはならない。

この魔王は愚者の国と国境を接する国の中でも一番愚かで高慢な魔王なのだ。

この一〇〇年間、徹底的にいびられ、小馬鹿にされてきた。

頭から酒を掛けられたり、あるいは犬の鳴き真似《まね》を所望されたこともあった。

それを思えばこの程度の皮肉など些細なことであった。

なので気にせずあしらうが、戦車の魔王の嫌がらせは収まらない。

ぽん、と俺の肩を叩《たた》くと、西方の魔王に俺を紹介する。

「皆の衆、こいつが一〇〇年ほど前に愚者の王国を引き継いだ〝無能〟ダークロードのフール。俺の舎弟だ」

蜥蜴の魔王はちろりと赤い舌を覗《のぞ》かせる。

「……どうも」

「こいつの父親は自分の妻を俺に差し出すことによって従属同盟を申し出てきた。つまり、こいつの母親の味を俺は知っている」

「…………」

「父親も臆病で卑怯《ひきょう》ならば、その息子もだな。この一〇〇年間、せっせと俺に貢ぎ物を送ってきた。律儀《りちぎ》なところは魔王の中でも一番だろう」

はっはっは、と高笑いを上げる。

怒りに震えるジャンヌに、俺は耐えるようにと視線を送る。

こいつには必ず煮え湯を飲ませる。しかし、今はそのときではない。

もっとも劇的な瞬間を狙《ねら》ってこいつに宣戦を布告してやるのだ。

それが俺の意思であったので、ジャンヌはこらえると、そのときを待った。

そのときは意外に早くやってくるが。

視線の先に見慣れた魔王がやってくる。

〝星〟と〝悪魔〟のアルカナを持つダークロードがやってきたのだ。

戦車の魔王が不機嫌になったのは、彼らと国境を接するからだ。

古来より国境を接する国々は仲が悪い。潜在的な敵国であったし、トラブルを抱えているからだ。

事実、戦車の国は星の国と水の利権でもめていたし、悪魔の国とは貿易上の不均衡《ふきんこう》が問題になっていた。

まったくもって折り合いの悪い三人のダークロード、しかも彼らは強欲で自己顕示欲の塊《かたまり》、そんな彼らが集まれば火種は発生する。

星の魔王が俺を見つけると、〝また〟弱い者いじめか、と嘆く。

「戦車の魔王は器が小さい。従属相手の魔王をいびることしか頭にないのか」

「なんだと！」

と続くが、星の魔王も俺を哀れんでくれているわけではない。単純に戦車の魔王に皮肉を言いたいだけなのだ。

それを知っていた俺は無言で彼らのやり取りを見つめるが、案の定、俺に対する擁護《ようご》はすぐに終わる。

これは前回のヴァルプルギスの夜でも同じだったが、俺への厭がらせが終わると次の段階に入る。

それは〝マウント〟の取り合いだった。

戦車、星、悪魔の魔王は折り合いが悪いが、同じ気質であった。

誰が一番か、誰が優れているか、マウントを取りたがる連中なのだ。

俺への当てつけや擁護もそれらの延長だった。俺を馬鹿にするのも、ときには擁護するのも、自分たちの影響力を誇示しているに過ぎない。

〝猿山《さるやま》の猿〟のように上位者を決めたがる三人の魔王はいつものようにいきがり始める。

「そういえば戦車よ、新しい英雄を召喚したそうだが、使い心地はどうだ？」

「ああ、そのことか。やはりCランクの英雄は使えぬ。軍略だの兵学だのと理屈をこねて軍を後退させたのでその首をたたき落としてやった」

「まったく、召喚する前から分からなかったのか」

「そうだ。英雄はAランク以上に限る」

そのように言い放ったのは悪魔の魔王だった。

「俺の英雄にはアーサー王というものがいる。あまたの叙事詩《じょじし》に取り上げられた英雄の中の英雄だ。十二人の円卓の騎士を抱え、その武徳によって古代ローマの皇帝すら誅殺《ちゅうさつ》する」

得意げに言う悪魔の魔王に星の魔王は皮肉を言う。

「ふん、ただの戦馬鹿ではないか」

「なんだと!」

「俺の英雄は古代中国最強の軍師、張良《ちょうりょう》だ。この男は劉邦《りゅうほう》というさえない農民の親父を中華の皇帝にまで押し上げた。策を帷幕《いばく》の中に巡らし、勝ちを千里の外に決する能力は比類なし。その知謀は人間のそれではない」

自慢げに言う星の魔王に対し、悪魔の魔王は悪意を発露させる。

「頭でっかちの奸狐《かんぎつね》ではないか」

「なんだと!」

ふたりの様子を腕組みしながら見つめる戦車の魔王。

こうなってくればお分かりだろうが、戦車の魔王は配下のSランク英雄、ナポレオン・ボナパルトの偉大さについて語った。

「貧乏貴族の小せがれが、フランスという大国の皇帝に上り詰め、大陸に覇《は》を唱えた。その戦術は天才としか言い様がなく、寡兵《かへい》のフランス軍で度々、隣国の大軍を打ち払ってきたのだ」

自身の配下ナポレオンの自慢を始めるが、当然、残りの魔王は批判を始める。

うちのアーサー王のほうが強い。

いや、張良のほうが賢い。

なんのナポレオンのほうが有能だ。

三者三様の自慢話を始めるが、それぞれに一理ある。

アーサー王は異世界のブリテンで語り継がれる英雄王だ。その武威はすさまじく、不死身のスキルも相まって個人的武勇は英雄の中でも上位だろう。

張良を最強と唱える説も分かる。彼の神算鬼謀《しんさんきぼう》の知恵は神にも等しく、彼のような軍師を持てばどのような凡人でも皇帝を目指せるかもしれない。

また、ナポレオンは言うに及ばす。

彼の戦術は異世界のスタンダードとなっている。この世界にも大いに影響を与えているし、彼の英雄的な気風は多くの人を虜にしてきた。

三人が三人とも英雄の中の英雄であり、それゆえに優劣を競うなど、本来おかしなことであった。

――だからではないが、俺は腹の底から笑い声を漏《も》らす。


「はっはっっは――」


と。

ヴァルプルギスの夜の会場に響き渡る俺の笑い声。

透き通るような笑いだったので、魔王たちの視線が一身に俺に集まる。

戦車、星、悪魔の魔王の視線も俺に向けられた。

彼らはこの場にそぐわぬ笑いに対し、質問を重ねる。

「愚者のダークロードよ、なにがおかしいのだ」

「これは星のダークロード、失礼しました。あなたがたの議論がとても的を外れていたもので」

「なんだと!?」

怒りで顔を赤く染め上げる戦車の魔王。

「愚者のダークロードの分際で、我々の話にケチを付けるのか」

ぎろり、と悪魔の魔王は睨み付ける。

「ケチを付けるなどとんでもない。あなたがたのおっしゃっていることはもっともなので笑っただけですよ」

「ほう、どういう意味だ」

「そのままの意味です。アーサー王の武力は英雄の中でも最強クラス。西洋の英雄では一番でしょう」

「当たり前だ」

悪魔の王は即答する。

「一方、張良が知力最強なのも動かぬ事実。世に軍師はあまたいるが、かの曹操《そうそう》も彼を一番評価していたとか。配下一の軍師を張良の字《あざな》をとって『我《わ》が子房《しぼう》』と自慢していた」

「分かっているではないか、小僧」

星の魔王は鼻高々に言う。

「最後にナポレオンの戦術が最強なのも歴史的に証明されています。同数の兵で彼に勝てるものは少ないでしょう。ヨーロッパの連合軍は彼を滅ぼすのに何倍もの兵が必要だったのですから」

「ふん、当然だ」

鼻を鳴らす戦車の魔王、それぞれの配下の英雄を褒め称《たた》え、彼らの気分を良くさせる。この一〇〇年、繰り返してきたルーティンだが、それも今日までだった。

ここからはいつもとは違う。

俺はさらなる事実を指摘する。

「あなたがたの自慢は一から〝九〟まで正しい。あなた方は史上最強の英雄を支配下に置いている」

「ならばなぜ笑った」

「それは簡単です。史上最強の配下を手にしながら、このような場所でいきり合うしか能がないのがおかしくて」

「なんだと!!」

瞬間湯沸かし器のように湯気を上げる戦車の魔王。

星の魔王と悪魔の魔王もそれに続く。

「貴様！　小身の魔王の分際で、我らカルディアス中央三人衆を愚弄《ぐろう》するか！」

「この痴れ者め！」

「中央三人衆などという呼称があったのですね。寡聞《かぶん》にして知りませんでした」

「貴様のような矮小《わいしょう》なダークロードには一生名乗れん称号だ」

「なるほど、私を貶《おとし》めるのが得意なようですが、あなた方のていたらくはなんなのです」

「ていたらくだと？」

「そうです。あなた方は史上最強の英雄を配下にしながら、〝中央の三人衆〟で満足している。

私ならば〝カルディアス大陸の三人衆〟を目指すのに」

「我ら三国の従属国家の分際でなにを言う！」

「そうでした。しかし、それもこれまで」

俺はそのように言うと、やつらの目の前に証文を差し出す。

「この従属同盟の起請文《きしょうもん》、有効期限は今日まででしたね」

「そうだ。貢ぎ物の量を柔軟に見直せるように期限を区切っている」

「この一〇〇年、多くなることはあっても少なくなることはありませんでしたがね」

皮肉を言うが、蜥蜴の魔王は気にするそぶりも見せない。彼にとって愚者の国とその王は〝家畜〟なのだろう。

「おまえたちの貢ぎ物はなかなか上手《うま》い。特に生きた鼠《ねずみ》はよく肥えていて我が一族に大好評だ」

赤い舌を出し、舌鼓を打つ戦車の魔王。

「そうでした。しかし、明日から貢ぎ物はゼロです」

そう言うと目の前で起請文を破り捨てる。

驚愕《きょうがく》の表情を浮かべる三人のダークロード。

今日が期限とはいえ、期限内に、それも従属同盟締結者の前で破り捨てるなど、有り得ないことだった。

「な、き、貴様、自分がなにをしたのか分かっているのか？」

「分かっていますとも。私は――、いや、俺はあなたがたに喧嘩を売っている」

「上位者である我々三国に喧嘩を売るのか！」

「上位だったのは数十年前まで。今や我が国の国力はあなたがたを上回る」

「馬鹿な！　有り得ない！」

「いずれ、きっちりお見せしましょう」

「仮にそれが真実だとしても、我らには英雄がいる。異世界の大英雄が傘下にいるのだぞ」

「そうだ。貴様の英雄は二流以下のはず」

「たしかに俺の英雄はランクで言えばBやCばかりだ。貴殿らのAランク以上の英雄に比べれば格は落ちるだろう」

ジャンヌの顔を見つめる。

彼女は事実だから仕方ありません、的な顔をしていた。

「俺は昔から英雄をランク付けする風習に反対だった。Aランク英雄はその異世界で覇を唱えた英雄豪傑の集まり、勝ち組の総称だ。一方、Bランク以下は負け組として歴史に名を残した連中だ」

そこで一呼吸を置くとこう続ける。

「しかし、負け組は能力が劣っているから負けたわけじゃない。〝運〟に恵まれなかったから負けたんだ」

「ふん、己のふがいなさを運のせいにするか」

「ああ、するね。それに負け組は〝上司〟に恵まれなかったものも多い」

意味ありげに三人衆を見下ろす。

「どういう意味だ」

「そのままの意味だよ」

「直訳してあげたほうがよろしいのでは？」

ジャンヌはにやりとして進言してくる。

「そうだな。はっきり言ってやろう。〝おまえたち〟のような三流の魔王がＡランクの英雄を従えても無意味だ。宝の持ち腐れなんだよ」

「おのれ、まだ言うか！」

戦車の魔王は背中の剣を抜き放とうとするが、ヴァルプルギスの夜では刃傷沙汰《にんじょうざた》は御法度《ごはっと》であった。ここで俺を斬《き》れば周囲の魔王からそれを理由に宣戦布告されるだろう。さすれば領土を失う。ゆえに抜刀まではしなかった。

戦車の魔王は怒りで顔を歪《ゆが》めるが、星と悪魔の魔王も似たようなものであった。皆、凶悪殺人者の瞳《ひとみ》を宿していた。

三人はしばらく無言になると、低音の声を発する。

「――そこまで言ったからには覚悟はできているのだろうな」

「ああ、できているさ。おまえらのようなあほうには言葉ではなく、事実で証明しなければいけないことも知っている」

「我らは今すぐ領土に戻り、おまえの国に宣戦を布告する！」

「古式ゆかしい宣戦布告ありがとう。俺も帰って戦の仕度を始める」

そのように言い残すと、やつらに背を向ける。

三人の殺意で背中が熱くなるが、道中、ヴァルプルギスの夜の主催者である皇帝のダークロードがこのような質問をしてきた。

「愚者の演技によってこの一〇〇年、動かなかった国境が大幅に変わりそうだ。この会場にいるほとんどのものは愚者の国の消滅を予測しているだろうが、貴殿にはなにか秘策でもあるのかな？」

答える義理はなかったが、今宵は美味《おい》しい料理をご馳走《ちそう》してくれた。その分の代金としてこのような言葉を残す。

「獅子に率いられた羊の群れは、羊に率いられた獅子《しし》の群れに勝つといわれています。それを再現してみせますよ」

そのように言い放つと深々と頭を下げ、ジャンヌと共に転移の間に向かった。

†

「いやあ、あの瞬間のフール様の顔、格好良すぎ。ジャンヌの女の部分がじゅんとしてしまいました」

両手で胸を押さえ、頬を真っ赤《まか》にしながらメイドたちに先ほどのシーンを説明するジャンヌ。

メイドたちは「うんうん」と真剣に聞き入っている。

「そこで颯爽とフール様は言いました」

ジャンヌは乙女の顔をやめ、俺の顔真似をする。

「ああ、できているさ。おまえらのようなあほうには言葉ではなく、事実で証明しなければいけないがな」

きりっと俺の真似をしているが、あまり似ていない。しかし、俺の情報に飢えていたメイドたちは黄色い声を響き渡らせる。

きゃー、格好いい！　と中には失神するものもいる始末だった。

やれやれ、と思いながら、紅茶を注いでくれているスピカに尋ねる。

「俺のどこがそんなにいいのだろうか」

スピカは即座に、

「すべてです」

と答える。

「甘いマスク、冴《さ》え渡《わた》る知謀、天下無双の武力、有徳の志、すべてが女性を引きつけてやみません」

「俺以上のやつなどごまんといるが」

「しかし、すべてを兼ね備えたものは希少です。魔王様おひとりしかおられません」

「なるほどね。ま、たしかに俺のような変わりものがもうひとりいたら、世界は大混乱だろうな」

　その通りです！

　と俺の軍師役である明智光秀が飛び込んでくる。

「魔王殿、聞《き》き及びましたぞ。宣戦布告を成し遂げたそうですな」

「ああ、予定通りにな」

「光秀はこの日がくるのを指折り数えていましたぞ」

「知っている。おまえを召喚してから年、苦労を掛けたな」

「いやいや、魔王殿の苦労を思えばそれがしの苦労など苦労に入りません。さあさ、さっそく、戦車の魔王ヴィエリオンの領地に攻め込み、目に物を見せてやりましょう」

「いや、それはできない」

「な、なぜに？」

機先を制された明智光秀は鼻息を荒くする。

「たしかにこの一〇〇年で愚者の国の国力は戦車の国を上回るようになった。一対一の戦いでは負けないくらいの国力を得ることができた」

「その通りです。隠し田と密貿易のおかげ」

「しかし、それでも相手国を圧倒するほどの差じゃない。ドングリのせいくらべだよ。それに俺は今回、三国同時に喧嘩を売った」

「それなのです。それがしが分からぬのは三国同時に喧嘩を売る必要があったのか、ということなのです」

それに答えたのは俺ではなく、ジャンヌだった。

「フール様は最強にして不敗！　全世界に同時に宣戦布告をしても問題ありません！」

指を突き立て、ナンバーワン宣言するが、そんなことはない。

「俺にも限界はある。それに俺は兵法を心得ている。自分より弱いものをさらに各個撃破するようにしている」

「それではなぜ、三国同時に？」

光秀が真剣なまなざしで尋ねてくる。

ここで凡庸な回答をすればこの英雄の信頼を失うと思った俺は、正直に戦略を話す。

「それは我が国の国力がまだ低いからだ。たしかに戦車の国は上回っているが、圧倒するほどではない。自分から攻め込めば、負けないまでも大損害をこうむる」

「だから相手に攻めさせる、と」

「そういうことだ。なんだかんだいって戦車の国には戦術の天才ナポレオンがいるからな。攻め込んでも勝ち目はない」

「しかし、攻め込ませればそうではない、と」

ジャンヌは真剣な表情で言う。

「そういうことだ。三国同時に宣戦布告すれば相手も油断する。気軽に出陣し、気軽に攻め込んでくれるというもの」

「フール様の知謀は神が如《ごと》し」

ジャンヌは神をあがめながらそのように称揚する。

「一国と総力戦をするよりも、三国同時に攻められたほうが楽だ。やつらの仲の悪さは折り紙付き、つまり、戦場では絶対、連携が取れない」

「人の和を欠いた軍隊は脆《もろ》いものですしね」

ジャンヌは悲しげに言う。彼女が生きていた時代、フランスという国はまとまりがなく、イングランドの侵攻を許した。諸侯の連携が取れないどころか、敵国に寝返るものまでいた始末。

そんな中、無能な王を率いて戦った彼女の苦労はひとしおだ。

一方、明智光秀の上司は有能だ。彼の主君は織田信長。

業績は語るまでもないが、革命児にして麒麟児《きりんじ》である信長は無能とはほど遠い人であった。

「我が殿が連戦連勝したのは、人の和があったから。有能な家臣を城下に住まわせ、有能なものを優遇し、強固な中央集権的な組織を作り上げていったのです」

光秀も信長の強さの秘訣《ひけつ》を知っているようで、人の和の大切さも理解しているようだ。

敵は我らの三倍だが、まったく連携が取れておらず、恐れるに足りなかった。

仲間内で憎み合う組織は、どんなに数が多くても無意味なのだ。むしろ、その数の多さに足をすくわれ、負ける例が多々あった。

今回もそのような結末になるよう、策謀をめぐらせる。

俺はメイドに地図を用意させると、それぞれの国の侵入経路を指さす。

「戦車の軍団はまっすぐ平原を突っ切って、星の軍団は森を迂回し、悪魔の軍団は川を渡ってここに集結するだろう」

愚者の盆地と書かれた場所を指さす。

武将としての経験が豊かな光秀もその予測に同意してくれる。

「やつらが集結したところに火計でも仕掛けますか」

そのように提案してくるが、首を横に振る。

「三国志の名将周瑜《しゅうゆ》か陸遜《りくそん》がいればそれでも良かったが、残念ながら我が国にはいない。よって俺は敵将の故事に従うことにする」

「敵将の故事ですか？」

ジャンヌが首を横にひねる。

「星の国には張良が、悪魔の国にはアーサー王がいるが、戦車の国にはナポレオンがいる」

「ナポレオン……フランスの英雄……、私の後輩」

「彼は歴史上、希有《けう》な戦術家だった。後世、彼の戦術はあらゆる国の士官学校で学ばれている。その中でももっとも有名な戦を再現させてもらうよ」

そのように宣言すると、俺はスピカの用意してくれたお茶を飲み干した。

武官文官たちに明日、出陣することを伝えると、彼らは、

「おお！」

と拳《こぶし》を振り上げた。

第二章　四魔王会戦

Dark lord of heroic tale

†

愚者の国の軍隊は魔族が二割、魔物が四割、残りが人間や亜人たちで占められていた。

この数字はなかなかに異端である。

他の魔王《ダークロード》は異世界から戦《いくさ》奴隷として人間を召喚していたが、軍の多数派を占めないように苦慮していた。彼らは人間を家畜のように扱っているから、反乱を起こされることがよくあったのだ。

一方、俺《おれ》は人間を重用していた。実力があれば指揮官でも将軍でも任していた。

無論、反乱を起こされたことは一度もない。

なぜならば魔族の武官と同じ待遇で扱っているから。

給料も、待遇も、出世も、公平になるようにした。

それ自体、他の魔王には信じられないことなのだろうが、俺は人間の力と可能性を熟知していたのだ。

ゆえに数千の人間が軍隊の主力として活躍してくれていた。

皆、俺のためならば命を投げ捨てる覚悟を持った猛者《もさ》どもだ。

敵の数は少なくとも三倍という報告があるが、彼らの勇姿を見ていると負ける気がしなかった。

正面から戦っても押し負ける気はしないが、俺は彼らの王であった。できるだけこちらの被害を少なく、相手の被害を最大化したい。

なので作戦通りに軍を動かす。

敵は我が国の東端にある盆地に集結中であった。

しかし、まだ集結はしていない。

敵軍は〝集結〟してから押し寄せるのではなく、それぞれの国から〝集合〟しようとしていたのだ。

それはつまり、〝各個撃破〟する余地があるということであった。

「各個撃破！　戦術の基本！」

金髪の聖女ジャンヌは恍惚《こうこつ》の表情で褒《ほ》め称《たた》える。

白髪の老将明智光秀《あけちみつひで》は唸《うな》り声を上げる。

「我が軍の総数は五〇〇〇。戦車の国は六〇〇〇、星の国は六〇〇〇、悪魔の国は五五〇〇」

「敵軍の総数は一七五〇〇、我が軍の三倍以上だ。しかし、恐れることはない。総数では敵が上回るが、敵はばらばらに行軍している」

「時間差で敵を各個撃破し、集結する前に勝負を決めるのですね」

ジャンヌは作戦の概略を確認する。

こくりとうなずく俺。

「これは敵軍のナポレオン・ボナパルトが勝利を収めたガルダ湖畔《こはん》の戦いに私淑したものだ。ナポレオンは六万の神聖ローマ帝国軍を三万で迎え撃った。倍する敵を華麗に駆逐したのだが、そのとき用いた戦術は芸術的ですらあった」

ナポレオンは倍の数を用意し、包囲殲滅《せんめつ》しようとした敵軍を、逆に各個撃破したのだ。通常、軍は包囲に弱いもので、いかに相手の側面を突くかの競争でもあるのだが、ナポレオンはそれを逆手に取り、自分を包囲殲滅しようとした敵軍を時間差で各個撃破したのである。

相手の半分の戦力でも、相手は軍を三軍に分けていたら、対決のときは寡兵《かへい》となってしまうのである。そんなことは当たり前なのだが、凡将にはそれができない。戦場でそのような決断ができるのは名将だけであった。

そのことを皆に説明すると、武官たちは納得する。

戦場の申し子である源　義経《みなもとのよしつね》は深く首を縦に振る。

「戦場は混乱と混沌《こんとん》に満ちている。どっちが東でどっちが西か、目の前にいるものが敵か味方なのかも分からなくなる。そんな中、包囲を逆手にとって各個撃破するなど、誰《だれ》にも思いつくものではない」

　なぽれおん、恐るべし、と纏《まと》めるが、光秀が疑問を呈す。

「ガルダ湖畔の戦いを再現するのは名案だと思うのですが、相手方にはその発案者がいるのでしょう。魔王殿の作戦が看破されてしまうのでは？」

「もっともな疑問だが、今回に限ってそれはない」

「どういう根拠で？」

「根拠はある。ナポレオンは英雄の中の英雄だが、戦車の魔王はさにあらず。ナポレオンを使いこなせないでいる」

「たしかにあの魔王は無能そうでした。シャルル七世に似ている」

　ジャンヌはため息をつきながら言う。

「そういうことだ。実際、俺の動きに気がついているのならば包囲殲滅を諦《あきら》め、集結しようとするはず、しかし、その動きは皆無だ」

「つまり、ナポレオンには情報が届いていない、と」

「そういうこと。ナポレオンは戦争の天才だ。極小の情報から真理を見抜き、大胆で不敵な動きをすることによって勝利を収めてきた。しかし、ゼロの情報からはなにもできない」

　そのように言い張ると、哀れな名将の姿を想像する。

事実、ナポレオン・ボナパルトはいらだっていた。

主である戦車の魔王に詳細な情報を送るよう願い出てから数日、なにひとつ返信はない。こちらの総数は一九〇〇〇（これすらも間違っている）、敵軍は四〇〇〇〇。ただ前進するだけで敵は総崩れとなる、としか情報が得られていないのだ。

「やはり己《おのれ》の手足となる情報将校を育成すべきか」

この世界に召喚されて一年、小さな争いには参加してきたが、万規模の戦は初めてであった。ヨーロッパだろうが、異世界だろうが、情報なしに戦争は行えない。情報の質量が揃《そろ》って初めて奇跡を起こせるのだ。

そのことを戦車の魔王は分かっていない。

「戦争に関してはロベスピエールより無能だ」

かつての上司になぞらえるが、情報という単語の意味を知らなそうなあたり、かつて仕えたどの上司よりも劣っているような気がした。

ため息をつくナポレオンであるが、それでも戦うしかない。

情報が得られないということが分かった以上、現場の判断でどうにかするしかないのだ。ナポレオンは与えられた兵に偵察を命じる。

人間の兵には馬を与え、ガーゴイルには空から探索させる。

それによって僅《わず》かな情報が得られるが、その情報はナポレオンにとって不快なものであった。

「東端から愚者の盆地に進行していた悪魔の魔王の軍隊が滅ぼされました」

「な、なんだと⁉」

驚愕《きょうがく》するナポレオン。

「なにがあった⁉　伏兵か？」

「いえ、愚者のダークロード・フールは正面から悪魔の魔王を粉砕した模様」

「馬鹿《ばか》な、やつらの兵は四〇〇〇のはず。悪魔の魔王は五五〇〇の兵を持っているのだぞ」

「しかし、全滅したのは間違いありません」

ナポレオンはフールがなにか奇策《きさく》を用いたのではないか、と思っているようだが、特段なにもしていない。強いて言えば普段から訓練を欠かさず、兵の装備を上質にしていたくらいだ。

この一〇〇年間で溜《た》めた財産を惜しみなく使い、頼れる傭兵《ようへい》を雇い、質の高い装備をかき集め、それらに訓練を施したにすぎない。

一方、悪魔の魔王は愚者の国の上納金も領地からの税収も、己の欲望を満たすためだけに使った。女を侍らせ、お気に入りの近臣と宴《うたげ》を開き、狩りに明け暮れ、浪費したのである。

悪魔の魔王にはアーサー王という最強の固有武力を持つ英雄もいたが、彼を使いこなすことは出来なかった。

悪魔の魔王は魔族至上主義で、将軍とはいえ、人間であるアーサー王を侮蔑《ぶべつ》していたからである。彼の部隊に配給する人参《にんじん》とタマネギは腐っており、穀物はひえやあわであった。

アーサー王は誇り高き武人であり、裏切りをよしとしない性格であるが、そのような扱いを受けて主に命を捧《ささ》げるほど愚かではなかった。

自分の剣を捧げる相手は選ぶ、とばかりに早期離脱する。

彼の部下である最強の騎士ランスロットは、

「愚者のダークロードのお手並みは見事でした。彼を頼ってみてはいかがでしょうか？」

と献策したが、アーサー王は首を横に振る。

「ダークロード・フールの将才は素晴らしいが、目の前の敵に寝返るのは武人の恥。遠国に亡命しよう」

もっともであり、他の部下、ガラハッドなども同意したので、アーサー王一行は戦場を離脱する。ほぼ戦わずの戦線放棄であるが、非難するものは誰もいなかった。

それほど悪魔の魔王は人心を得ていなかったのである。

このようにして頼りになるはずのアーサー王の離脱もあり、悪魔の魔王の軍隊は卵の殻でも粉砕するかのように砕け散った。

報告を聞いたナポレオンは自身のトレードマークの帽子を投げ捨てると、主である戦車の王に使者を送る。

「悪魔の魔王の軍、壊滅、このままでは我が軍は各個撃破の餌食《えじき》となる」

端的に事実のみを報告したが、それを聞いても戦車の魔王の愚かさは変わらなかった。

「はっはっは、ちょうどいい。このいくさが終わったら悪魔の魔王に痛い目を見せてやろうと思っていたのだ」

という返答をよこす。

「駄目だこりゃ、足並みがバラバラだ」

ナポレオンは苦虫をかみつぶしたような顔になった。

こうなれば先日のヴァルプルギスの夜で知己《ちき》を得た「張良《ちょうりょう》」を頼るしかなかった。

ナポレオンは戦車の魔王の軍のうち、二〇〇〇を率いている。

星の王の総数は六〇〇〇だから、このふたつが糾合《きゅうごう》すれば八〇〇〇となる。

さすれば愚者の軍四〇〇〇と互角に渡り合えるだろう。

そのように計算したが、それは机上の空論だった。

張良に使者を送ることが出来なかったからである。

アーサー王の離脱、悪魔の魔王の軍の壊滅、さらに飛び込んできたのは星の魔王の軍師張良の死であった。

悪魔の魔王を壊滅させたフールは、返す刀で北東より侵入していた星の魔王の軍隊に襲い掛かったのだ。

悪魔の魔王を倒して士気が上がった愚者軍は、自分の軍より数が多い星の軍隊を包囲殲滅すると、一時間で壊滅させた。そのとき、軍師張良が討《う》ち死《じ》にしたのである。

軍師の中の軍師、Aランク英雄である張良が討ち死にした理由はふたつ。

これまた星の魔王が狭量で、軍師張良にろくな情報を上げていなかったこと。

もうひとつは軍師張良の個人的武勇が弱かったことである。

張良は女のような優男《やさおとこ》と史記にも書かれるほどの人物で、まともに剣も握れないような人物だった。ただ、気性は激しい人で、倉海君《そうかいくん》という護衛に鉄槌《てっつい》を持たせ、前線で戦うのを好んだ。

軍師なのに前線に出てしまったのが彼の運の尽きであったが、相手がダークロード・フールであったのも運の尽きだろう。

倉海君の武力の凄《すさ》まじさを知っていたフールは、大量の弓隊を用意し、彼を射殺《しゃさつ》する道を選んだ。

狭隘《きょうあい》な地形に彼らを誘い出すと、隠しておいた弓兵で射殺したのである。

倉海君の身体には五五の矢が刺さり、張良に至っては数え切れない矢を受けた。その矢も顔に集中していたので、戦後、首実検《死体の確認》ができなかったほどである。

張良を失った星の魔王の軍は、あっという間に瓦解《がかい》し、撤退したという。

その報告を聞いたナポレオンは驚きはするが、驚愕はしなかった。

今さらフールの実力を語るまでもないと思っていたのだ。

自身が描き上げた戦術史の傑作であるガルダ湖畔の戦いをこうも見事に再現するとは、なんと非凡な人物だろうか。

「ダークロード・フールの辞書には不可能という文字がないのかもしれない」

そのようにつぶやくと、自身も撤退の準備を始めた。

「アーサー王は賢い。元々、中央三人衆になど仕える価値はなかった」

彼と同じ結論に達したナポレオンは、部下に戦線離脱を伝えるが、ひとつだけ見当違いをしていた。悪魔の魔王がアーサー王の離脱をあっさり許したのは彼に個人的武勇があったからだ。要は去るところを追撃すれば手痛いしっぺ返しを受けると思ったのだ。

一方、ナポレオンの個人的武勇はないに等しい。貧乏ではあるが、貴族の次男、さらに彼は士官学校の砲兵科出身。

彼の剣技はそこらの兵士と大差はなかった。

部下と共に逃げ出すが、すぐに追討軍《ついとう》を送られ、戦場の露《つゆ》と消えた。

魔族の親衛隊に脇腹《わきばら》を刺されたナポレオンは、恨みがましく睨《にら》み付《つ》けながらこう言い放ったという。

「余を刺し殺すのは一瞬だが、余の知謀を理解するには半世紀は必要だろう。戦車の魔王にはそれが分からなかったと見える」

即刻、ナポレオンの首は刎《は》ねられると、戦車の魔王のもとに送られた。

その首を見た戦車の魔王は、彼の首に唾《つば》を吐きかけると、このように言い放った。

「まったく、なにがSランクの英雄だ。使えないことこの上ないではないか」

先日、ヴァルプルギスの夜で自慢の種にしたことなど、忘却の彼方に押しやった魔王はそのままナポレオンの指揮する人間の兵を吸収すると、フールに決戦を挑む。

部下は皆、無謀だと思ったが、魔王の気性を知っていた部下たちは誰ひとり異を差し挟まなかった。

しかし、この粗雑な決断はそれほど悪いものでもなかったりする。

星の魔王と悪魔の魔王の各個撃破に成功したフールの軍隊であるが、彼の軍隊は無敵でもなければ不死身でもない。魔族と人間と亜人の混成部隊だ。

アンデッド以外の兵には体力の限界があった。

各個撃破を実現するための強行軍、連日の戦闘、それらによって疲弊している。

また、星と悪魔の王は無能の中の無能であったが、それでも一国の王であった。優秀な英雄がいなくてもそれなりの抵抗を示した。軍は瓦解したが本人は健在で、愚者の国の軍隊をかなり削った。魔王の武勇は一騎当千なのだ。

両者撤退に追い込まれたが、やられっぱなしというわけではなく、愚者軍の兵を一〇〇〇ほど削っていたのだ。

さらに残りの兵も疲労困憊《ひろうこんぱい》ときていれば、無傷で士気も高い六〇〇〇の兵を今、けしかければ勝機もあった。

　一定水準以上の将軍ならばこの状況下では撤退するはずであるが、逆に戦車の魔王の愚劣さがフールを窮地に追いやる。

†

　星と悪魔の魔王の軍隊に大打撃を与え、国境の外に追い出すことに成功した。

　ほっと一息つくと、ジャンヌが褒めそやしてくる。

「さすがはフール様、知謀の底が見えない」

「ギャンブルのような作戦が成功しただけさ」

「謙遜《けんそん》するところも素敵です」

　頬《ほお》を染め、腕を組んでくるが、先日からの戦いを振り返る。

　敵軍は三方向からフール軍を包囲殲滅しようとしていた。

　それ自体、なんら問題ないどころか、戦術の教科書どおりの動きだった。

　もしも一七五〇〇の兵に包囲されていたら、我が軍は一日にして壊滅していただろう。

　しかし、俺はそれを逆用した。

　敵が集結する前に〝時間差〟を利用し、各個撃破をしたのだ。

三国の連携がバラバラなこと。

トップである魔王が愚劣なことを利用しての勝利であった。

やつらは最強の英雄を配下にしながら、それを活《い》かすどころかマイナスとして働かせたのだ。

「ことさら俺が崩壊させたのではない」

というのが率直《そっちょく》な感想で、俺の知謀が冴《さ》え渡《わた》っていたというよりも、相手が愚劣すぎたといえるだろう。

なので己の功績を誇るのは最後の詰めを成功させてからにしたかった。

敵軍一七五〇〇のうち一一五〇〇を壊滅、または撤退させることに成功した。

敵軍の残りは六〇〇〇、こちらの兵力は三〇〇〇まで減少している。

こちらの士気は最高潮であるが、いかんせん疲労が蓄積していた。

それらを考えると状況は五分五分である。

ここから逆転を許す可能性は十分あった。

そのことを武官たちに伝えると、彼らの表情は引き締まる。

よろしい、我が軍に無能な人間はいないようだ。

勝って兜《かぶと》の緒《お》を締めることのできる人材は貴重だった。

ただ、ひとりだけ脳天気なものもいて、聖女ジャンヌだけは「フール様無敵！」と正面突破を主張する。

「このジャンヌめが旗を振りながら突撃しますので、フール様は後ろから督戦くださいまし」

とのことであった。

まあ、それでも勝てるだろうが、被害は大きい。戦車の魔王は愚物であるが、個人的武勇はなかなかなのだ。なるべくならば搦《から》め手を使いたかった。

そのため、俺は先日召喚した英雄を呼ぶ。

「源義経、出番だ」

「おお、ついに義経の出番か！」

嬉々としてやってくる源義経。その若武者ぶりは凜々《りり》しい。

「ああ、今までおまえを温存していたのはこの一戦のため」

「うむ、敵陣に押し入って手柄首を上げられなかったのはもどかしい」

「猛将義経の首に鎖付きの首輪を掛けるような真似《まね》をしてすまなかったが、おまえの騎馬隊を温存していたかったのと、我が軍の切り札を敵に見せたくなかったのだ」

「秘密兵器というやつだな」

「そういうこと。これからおまえには一の谷の戦いを再現してもらう」

「崖から騎馬突撃をするのだな」

「ああ、幸いなことに愚者の王国には険峻《けんしゅん》な崖がいくらでもある」

「そこから側面攻撃を加えれば敵もイチコロというわけか」

「そういうことだ。問題なのは敵をどうやって崖の側まで誘導するか、だが」

「それはジャンヌにお任せください」

手をピンと伸ばし、提案してくる。

「聖女突撃か」

彼女は聖なる旗を振りかざすことによって味方の士気を上げることができる。そのスキルを活用すれば軍は無敵となるが、弱点もある。

聖なる旗によって高揚した軍は、制御がきかなくなるのだ。

猪突猛進《ちょとつもうしん》する部隊は全滅するまで戦い続ける。下手をすればその虚《きょ》を衝《つ》かれ、全滅する可能性もある。

「しかし、リスクばかり恐れていても仕方ない。ジャンヌ、おまえのスキルも活用させてもらうぞ」

「有《あ》り難《がた》き幸せ」

恍惚の表情を浮かべるジャンヌ。

彼女たちの切り札を最大限に活かすべく、軍の移動を指図《さしず》した。

†

俺が決戦場に選んだのは、愚者の盆地西方にある廃墟《はいきょ》だった。

かつて古代王国の都があったらしい場所、そこにある崩れ落ちた城を選んだのだ。

そこには申し訳程度に石垣が残されていたが、ほぼ機能していない。

俺は急いで土塁《どるい》を積ませると、そこに軍を展開させた。

「この地を決戦に選んだのは戦車の魔王ヴィエリオンを油断させるためだ」

戦略の一端を披露する。

「やつはあほうだが、これ以上、軍を分ける失策はしない。となれば敵のほうが数的優位にある」

「その通り。もうやつは各個撃破をさせてくれますまい」

明智光秀も首肯する。

「俺はそれを逆手に取る。敵は絶対に軍を分けずに正面突撃を選ぶ。俺は逆に軍を三つに分ける」

「ジャンヌ殿と義経殿に軍を任せるのですな」

「そういうことだ」

俺が率いる本隊が多少なりとも防御力を有する古城で戦車の王ヴィエリオンを迎え撃ち、その間、ジャンヌと義経が敵の側面に回り込み、突撃するという戦法だ。

「包囲殲滅陣こそ戦術の基本にして最高峰！」

とはジャンヌが出立前に言った言葉であるが、それは間違いではない。

先ほどはそれを逆手に取ったが、戦術の基本は相手を囲み、押しつぶすところにある。

「冬には冬服、夏には半袖《はんそで》」

戦場で生き残るには臨機応変に対応するのが肝要であった。

そのように己の知見を述べると、ヴィエリオンの軍団がやってくる。

戦車の魔王の軍団は精強だった。

魔族と魔物を中心にした編制でよく訓練されている。

ゴブリンの部隊が先鋒であったが、かなりの数のホブゴブリンが混じっており、その勢いはすさまじい。我が軍の傭兵部隊が押されている。

「なかなかの武勇だ」

ヴィエリオンは愚物であるが、臆病《おくびょう》ではない。武勇の魔王で、部下たちにもその薫陶が行き届いているようだ。

「しかし、惜しいかな、力押し一辺倒で芸がない」

率直な感想を述べると、ゴーストの部隊を前面に出す。

レイスやファントムなどで編制された実態を持たぬアンデットの軍団、彼らは神聖魔法にめっぽう弱いが、その代わり物理攻撃を無効化する。

使い方を間違えなければ一方的に相手に被害を与えられる。

事実、勢いに乗っていたゴブリンの部隊は浮き足立つ。

鉄の剣を突き立てても、霞《かすみ》のようにすり抜けてしまう幽鬼どもに困惑していた。

幽鬼たちは呪殺によって次々とゴブリンを葬り去る。

こうなると一方的なワンサイドゲームになるが、戦車の魔王ヴィエリオンが前線に出てくると戦況は一変する。

彼の鉄球には魔法が付与されているのだ。

炎の魔法が付与された鉄球は、一撃で幽鬼を四散させる。

「ぐはは！　脆《もろ》い！　脆すぎる！　このような低級なアンデッドしか使役出来ぬとは、愚者の魔王、恐れるに足らず」

敵の士気は否応《いやおう》なく上がる。

ヴィエリオンは指揮官としても無能ではないようで、ここですかさず主力部隊を投入する。

戦車の国は人狼《じんろう》の里があることで有名なのだ。

そこで徴兵した人狼の一団が突撃してくる。

それによって我が軍の前線は崩れかかる。

我が軍のコボルト、オークは数百メートル後退し、エルフの部隊は四散した。

このまま本陣になだれ込む勢いであったが、俺は冷静に対応する。

右手を振り上げ、それを振り下ろすと、真横で采配《さいはい》を振るっていた明智光秀が、

「今じゃ、かかれー！」

と言い放つ。

その言葉と同時に、後方に控えていたドワーフの部隊が飛び出てくる。

この世界のドワーフは手先が器用で、優秀な技術者として様々な兵器を作り出す。

その中でも〝鉄砲〟と呼ばれる兵器は珠玉の存在で、とてつもない威力を誇っていた。

火薬によって鉛玉を勢いよく噴出し、敵の肉体を穿《うが》つのだ。

どのような未熟な兵士にも一撃必殺の力を与えるその武器は、戦闘が嫌いなドワーフ族にぴったりの武器であった。

「連射ができず一回の戦闘で一発しか撃てないのが欠点であるが」

いつかその欠点も克服したいところであるが、今はそのときではない。

今、目指すのは目の前の脅威の排除であった。

ドワーフたちは勇気を振り絞り、吐息を感じられそうな距離まで人狼を引きつける。

俺が「撃て！」と命令するのを待つ。

牙《きば》をむき出して突撃してくる人狼の勢いに恐怖を感じているだろうが、それでも俺を信頼し、引き金を引くことはなかった。

俺はその信頼に応《こた》えるため、最適の距離で命令を発する。

「今だ！　撃て！」

その言葉と同時にドワーフたちが引き金を引くと、鉄の筒から爆音《ばくおん》が木霊《こだま》する。

戦場に響き渡る炸裂《さくれつ》音、鉄砲から射出された弾丸は、見事に人狼の体内にめり込む。

次々と倒れる人狼たち。

それを見てヴィエリオンは驚愕する。

「な、鉄砲だと⁉　しかしなんという数を用意しているんだ」

「一〇〇年のへそくりの成果さ」

「しかし、ただの鉛玉になぜ、そんな威力が」

「これは鉛玉じゃない。銀の玉だ」

「なんだと⁉」

「いわゆるシルバーバレット戦術だ。おまえの主力部隊が人狼だと知っていた俺は、銀の玉を大量に用意させていた」

「そこまで見越していたのか」

驚愕の表情を浮かべるヴィエリオン。

明智光秀は補足する。

「それだけではない。魔王殿はこの日に備え、鉄砲隊の訓練もぬかりなく行っていた。金が掛かる射撃訓練もけちらなかった。魔王殿は鉄砲隊組織の名人よ」

その組織力、織田信長公《おだのぶながこう》に匹敵《ひってき》する！

そのように自慢する光秀だが、鉄砲運用の名手信長公に例えられるのは光栄なことであった。

光秀が自慢げに言い放つと、ヴィエリオンは歯ぎしりする。

「おのれ、愚者め、どこまでも小賢《こざか》しい。この上は一騎打ちを申し込む」

ヴィエリオンは鉄球を振り回しながら勇壮に突撃してくる。

鉄砲に弾を詰め直していたドワーフは射撃するが、彼の鉄球は銀の玉をはじき返す。何発かその身体に当たるが、強靱《きょうじん》な肉体は銀の玉を寄せ付けなかった。

戦車の魔王の鱗《うろこ》は、鋼よりも強靱なようだ。

「無駄無駄！」

脳筋のように突っ込んでくるが、戦場ではこのような相手のほうが恐ろしかった。

彼のような武力馬鹿によって、策士の描いた作戦が水泡に帰すことも珍しくない。

猛将が生み出す勢いが戦場を制することも多いのである。

今、まさにそれが再現されようとしていた。

生き残った人狼部隊、または魔物が魔王の後ろに付き従い、勢いを取り戻す。

このままでは挟撃が間に合わず崩壊する、そう思った俺は一騎打ちを受け入れる。

腰からアゾットの短剣を抜き放つ。

それを見ていた明智光秀は驚愕する。

「魔王殿、一騎打ちを受けられるおつもりですか？」

「ああ、そうだ」

「しかし、魔王殿は戦場の勇者ですが、武勇の人ではない」

「それでもまあやるしかない。あと、半刻、戦線を維持しなければ我々の負けだ」

「そうなのですが……」

「心配するな、光秀。俺は武勇の魔王ではないが、弱くもない。一騎打ちは武力だけではないところを見せてやる」

そう言い放つと、名乗りを上げ、戦車の魔王ヴィエリオンに突っ込む。

俺の姿を見たヴィエリオンは、

「愚者の魔王、やってきたか！」

居丈高《いたけだか》に言った。

「ヴァルプルギスの夜以来だな」

「あのときの屈辱、忘れん」

「他の魔王はさらなる屈辱を感じながら撤退したぞ。おまえも逃げたほうがいいんじゃないか？　命あっての物種だぞ」

「俺はやつらとは違う！」

そのように言い放つと、ヴィエリオンは鉄球を投げつけてくる。

あのような質量のものをこのような速度で投げることができるのは、この世界でも限られるだろう。

隼《はやぶさ》の速度で迫ってきた鉄球は俺の足下に大穴を空ける。

もしも直撃していればミンチになっていたところであるが、なんとかかわすと、速度強化の魔法で懐《ふところ》に飛び込む。

アゾットの短剣の中には氷の秘薬が入っているので氷属性の攻撃を放つ。

俺の斬撃はやつの鎧《よろい》と身体の一部を切り裂き、氷結させるが、攻撃した瞬間からやつは回復し、氷を撥《は》ね除《の》ける。

「なんて回復力」

素直に賛嘆すると、一騎打ちでは完全にやつに分があることを認めた。

「ふはは、見たことか。これが俺様の実力よ」

「なかなかのもんだ。異世界でいえば呂布《りょふ》という猛将に匹敵する強さかもしれない」

「聞いたことのない英雄だ。片手で殺してくれよう」

「なかなかに勇ましいが、一騎打ちでは勝てなくても、この戦は俺の勝ちだ」

「なんだと？　貴様、いかれているのか」

「まさか。至ってまともだよ」

「おまえのていたらくを見ておまえの軍は後退している。俺の軍に包囲されつつあるぞ」

「知っている。だが、まだ包囲殲滅陣は完成していない」

「ものの数分で完成するわ」

「正確にはあと九分だ」

「小賢しいやつめ」

俺の几帳面さを鼻で笑うヴィエリオンだが、この場では一分でも一秒でも時間の〝正確〟さが大事だった。

なぜならばあと八分と三〇秒耐え抜けば、俺の思い描いた〝戦略〟が完成するからだ。

是が非でもあと八分と三〇秒、持ちこたえたかった。

俺はアゾットを振るう。

やつはそれをなんなくいなす。

一三回ほど斬撃を加えるが、まったく効果はない。

それどころかやつの鉄球がかすった俺は大ダメージを負う。

口から血反吐《ちへど》を吐き出す。

その姿を見てやつは愉悦の表情を浮かべる。

「いい気味だ。俺を馬鹿にしたものの末路だな」

「馬鹿にしたわけじゃない。挑発しただけだ」

「なぜ、俺を憎む」

「貴様は最低のくず野郎だからだ」

「なんだ。母親の件を恨んでいるのか。あれはおまえの父親が差し出したんだぞ」

「──黙れ」

と言うとアゾットの短剣を振るう。

俺の父親はまさしく愚者であった。愚者の国を仕方なく引き継いだか弱き王。ただ己と国民を守るために、自分の妻をヴィエリオンに差し出した哀れな男だった。

母親も国のためにと進んでヴィエリオンに身を任せたという。

誰しもが納得しての処置であった。皆が幸せになるための処置であった。

彼女の息子が深く傷ついたこと以外、なんら問題のない処置であったが、俺はこのような悲劇を二度と繰り返したくなかった。

だからこの高慢で愚劣な魔王を殺し、この世界を統一する。

愚者のダークロードがこの世界に秩序と安寧をもたらす。

それが俺が魔王となった理由だった。

この過酷な戦いを続ける理由だった。

この化け物のような魔王と一騎打ちする理由であったが、その決意は正しく報われた。

俺はこの一騎当千の化け物と八分三〇秒、戦い抜いたのだ。

八分二〇秒目、俺はやつを足止めすべく、温存していた氷の秘薬をフルバーストで解き放つ。

アゾットの短剣に入れていた秘薬は、周囲を氷の精霊で満たす。春だというのに雪を舞わせ、辺り一帯に冬をもたらす。

残された力を振り絞って、やつの足に短剣を突き立てると、やつの右足は氷結された。

痛みにうめくヴィエリオンであるが、それが致命傷となることはなかった。

こちらもそのつもりはない。

俺は〝ただ〟やつに終末を見せるためだけにやつの右足を封じたのだ。

やつから機動力を奪った俺は、後方に跳躍するとやつを見下ろして言った。

「終焉《ジ・エンド》だ。戦車のダークロード」

「終わりなものか。こんな氷」

そのように言い放つが、俺特製の万年氷はそう簡単に解除できない。

やつは激怒して鉄球を投げつけるが、俺はそれを魔法で受け止める。

「俺の鉄球を受け止めただと⁉」

「何度も挙動を見ている。それに腰が入っていないからな」

「ええい、うざったいやつめ。……まあいい、人狼部隊よ！　やつのはらわたを食いちぎれ！」

部下に命令を下すヴィエリオンであるが、人狼たちはその命令に従わなかった。

いや、従えなかった。

なぜならば彼らは両脇《りょうわき》から攻撃を受けていたのである。

右側からは聖女ジャンヌ・ダルク率いる神官戦士の一団が。

左側からは牛若丸《うしわかまる》源義経率いる騎馬の集団が迫っていたのだ。

それぞれ悪鬼羅刹《あっきらせつ》の勢いで敵軍を駆逐している。

「な、なんだ、あの部隊は⁉」

驚愕するヴィエリオンに説明する。

「俺の秘蔵っ子たちだ。おまえが馬鹿にした負け組だよ」

ジャンヌはイングランドに敗れ、火あぶりにされた英雄。

だが、

《聖なる旗手》

というスキルの使い手だ。このスキルは率いる部隊の士気を大幅に高める。

一方、女のような美しき猛将源義経は、

《逆落とし》

の使い手だった。

断崖絶壁を馬で駆け下りることによって、騎馬部隊の強さを上昇させるのだ。その破壊力は重装騎馬の槍突撃《ランスチャージ》以上であった。

「そ、そんな有り得ない。俺が三流の英雄に負けるというのか⁉」

「そうだ。おまえは負ける。負け組と馬鹿にした英雄たちにその首を取られるのだ」

そのように言い放つと、たがが外れたようなジャンヌが突撃してくる。

彼女の持つ旗は黄金色に輝いていた。

ジャンヌ自身、白目を剝《む》いており、トランス状態である。

この状態のジャンヌの武力はAランクに勝る。

細腕で旗をぶん回すと、ぶおん、と轟音《ごうおん》が鳴り響く。

鉄の塊《かたまり》で後頭部を叩《たた》かれたヴィエリオンの右目が飛び出るが、さすがは魔王、それだけでは致命傷に至らない。とどめを刺したのは源義経だった。

彼（彼女か）は人馬一体となって突進してくると、腰から『薄緑《うすみどり》』と呼ばれる愛刀を抜き放つ。

そのまま首を刎ねようとするが、ヴィエリオンは落ちていた槍《やり》を拾い、抵抗しようとする。なかなかの槍使いで義経の一撃を避けるが、俺は彼を援護するため、魔法を放つ。

握りしめていた氷の魔法を宿すと、左手と左足も氷漬けにしてやった。これでやつの機動力はゼロとなる。

「いまだ！　義経！」

「承知！」

と再び騎馬で突進してくる。

「九郎判官《くろうほうがん》義経、戦車のダークロードの首をちょうだいつかまつる！」

鎌倉《かまくら》武士式の名乗りを上げた義経、彼は目にも留まらぬ早さで一閃《いっせん》を加える。

その瞬間、ヴィエリオンの首は宙に舞う。

数秒ほど空中に滞在すると、義経はそれを摑《つか》み、言い放つ。

「戦車のダークロード・ヴィエリオン、討ち取《と》ったりぃ！」

凜《りん》とした声が戦場に響き渡った瞬間、勝敗は決した。

自分たちの王が死んだことを悟った戦車の軍団は、武器を置き、投降を始めた。

こうして俺は後の世で「愚者の盆地の会戦」と呼ばれる戦いに勝利した。

五〇〇〇の兵で一七五〇〇の兵を返《かえ》り討ちにし、魔王をひとりで討ち取ったのである。

この情報は瞬く間にカルディアス中を駆け巡り、他の魔王は俺の名を心に刻むことになる。

乱世の到来を知ることになる。

この世界が俺を中心に動き出すことを予感する一部の魔王たち。

やつらは心の中でこのようにつぶやく。

「ダークロード・フール、やつは〝愚者〟ではなかった」

と。

第三章　農政改革

†

壮大で希有《けう》な戦略と戦術を駆使し、戦車の魔王を殺したダークロードの名は瞬く間に大陸中に響き渡った。

とある魔王は信じられないと調査団を組織し、
とある魔王は誤報であると無視を決め込んだ。

彼らは改めてそれが真実であると知ると、驚愕《きょうがく》するが、対応はいくつかに分かれた。

「異世界の桶狭間《おけはざま》なり」

と称賛する魔王は進んで俺《おれ》とよしみを通じようとした。

「なにかの間違いだ！　偶然に違いない！」

と、この期《ご》に及《およ》んでも侮る魔王は徹底的に俺を無視した。

「なんたる不遜《ふそん》な魔王たち！　このジャンヌめが天罰を食らわせてやります」

Dark lord of heroic rule

鼻息を荒くする聖女様だが、押しとどめる。

「しかし私の愛する魔王様を愚弄《ぐろう》されて黙っているわけにはいきません」

ぷんすかと怒り出すジャンヌだが、このように諭す。

「敵の実力を過小評価してくれる魔王は逆に御しやすい。そのうち戦車の魔王と同じ場所に行くだけさ」

「まあ、素敵」

「俺に使者を送ってきた魔王の数は六、ある意味彼らこそ注意すべき存在だろう」

それには明智光秀《あけちみつひで》も同意する。

「その通りでございます、魔王殿」

「うむ」

「敵を知り己《おのれ》を知るものこそ脅威となります。ちなみにその六人のうち、国境を接するのは〝太陽〟と〝月〟の魔王ですな」

「ほう――――」

太陽という言葉に反応してしまうが、家臣たちはそれに気がつかない。俺がとある力を求めていることは誰《だれ》も知らないのだ。

「戦車の魔王の領土を接収したことにより、大国とも接するようになったわけか」

「御意《ぎょい》」

「国が大きくなればその分、敵も増える。想定内だが、想定外のこともある」

「想定外とはなんぞや？」

と尋ねてきたのは先の戦いで大活躍してくれた源《みなもとの》義経《よしつね》。

彼女（彼？）は骨付き肉にかぶり付きながら疑問を浮かべる。

「先の四魔王会戦で戦車の魔王を殺すことは想定していたが、やつの領土まで接収できるとは思っていなかったんだ」

「たしかあのあと、光秀殿が威力偵察で軍を進めたら、敵軍が降伏してきたのだよな」

「その通り。戦車の魔王の息子は想像以上に臆病者《おくびょうもの》で、我が軍の旗を見たら即座に逃げ出したそうな」

「父親の万分の一も蛮勇があれば抗戦したのだろうがな」

「だが、彼にはなかった。国主が逃げ出したことにより、彼らの部下も民も俺に降伏せざるを得なかった。俺は戦車の国の領土と国民を手に入れてしまったということだ」

「しかし、それがなんの問題があるのだ？　魔王殿は世界を統一するのだろう。領土が増えて万々歳じゃないのか」

「それがそうでもない。戦車の魔王のやつは、倉庫に食糧がないにもかかわらず戦争を始めた。どうやら俺の国を滅ぼし、食糧を奪うつもりだったらしい」

「なんと短絡的な猪武者《いのししむしゃ》」

呆《あき》れる義経。

「無能な王はいつもそうですな。苦しむのは農民」

嘆く光秀。

「やつはその報いを受けたが、生きている民はやつの尻拭《しりぬぐ》いをせねばならない」

「さすがはフール様、なにか解決方法でも？」

「腹案はいくつかある」

「ならばその中のひとつ、放置プレイでいきましょう」

「放置プレイ？」

「食糧が足りないのは戦車の国のみ。放っておけば飢え死にして適正な人口になりましょう。そのとき、改めて統治すればいいのです」

ジャンヌの極端な意見にドン引きする義経と光秀。

「貴殿は貧しい農民の娘と聞いたが、慈悲の心はないのか？」

「もちろん、ありますが、私は最短距離でフール様が覇道を進むのを望みます。民も理解してくれるでしょう」

「なるほど、ジャンヌが言いたいのはあえて食糧を与えぬことによって、戦車の魔王の暴虐さをさらに周知させるということだな」

「御意。やつの息子を復権させようなどとは思わなくなるはず」

「非情家の韓非子《かんぴし》やマキァベリが好みそうな案で、たしかに最短で戦車の国を支配できるかもしれないが、却下だ」

「どうしてでしょうか？」

不思議そうに尋ねてくる。

「俺に降伏した以上、戦車の国の民も俺の民となったからだ。俺は統治者として彼らを飢えさせぬ責任がある」

「しかし愚者の国から食糧を運べば、愚者の国の民が飢えます」

「その通りだ。愚者の国も戦争をしたばかりで食糧が潤沢ではない。ここで食糧を徴収すれば俺の統治に疑問を抱くものも現れるだろう」

ここで一呼吸間を置く。

メイドのスピカに注《そそ》いでもらった紅茶で喉《のど》を潤すと、俺は宣言する。

「俺は三ヶ月で食糧の供給を三倍にする。それによって戦車の国の民を飢えから救う」

その宣言を聞いた部下たちは、驚愕の表情を浮かべるが、誰ひとり、大言壮語だとは思わなかったようだ。

「この魔王は一〇〇年間隣国に秘しながら、国力を何倍にも育て上げた」

「そしてたったの一回の会戦によって三つの魔王軍を駆逐し、戦車の魔王を討《う》ち取《と》ったのである。魔法のような戦略を見せてくれたのだ」

「また魔法のような〝内政〟を自分たちに見せてくれるに違いない」

そう思ってくれたようで、俺が発する次の命令を楽しみにもしてくれているようだ。

俺は彼らを喜ばすため、秘策を考える。

――ただ、その前に。

「三ヶ月後の食事も大事だが、明日のパンも用意しなければ――」

そう思った俺はスピカを連れて愚者の城の郊外にある実験農場へ向かった。そこで事前に育てていた〝トマト〟の確認をする。

真《ま》っ赤《か》な果実のトマトはとても美味《おい》しそうであったが、スピカは恐れおののく。真っ赤な果実が血を想像させたようで――。

俺はトマトをもいで食べるが、赤いしぶきが飛び散り、余計に怖がられる。

「この地域の住人はトマトを食べないんだよな」

異世界からもたらされたトマト。真っ赤な色と独特の風味によって愚者の国での評判は最悪だ。住人たちは悪魔の果実だと言って、決して口にしない。

「栄養豊富でとても美味しいのだが……」

そのように独語するとスピカも恐る恐るトマトを口にするが、彼女は己の頰《ほお》に手を添え、美味しい、と、つぶやく。

「トマトは旨味と栄養の宝庫なんだ。それに酸味が食欲をそそる」

「はい。これは研究しがいがあります」

軽く拳《こぶし》を握るスピカ。なにやらレシピを思いついたようだ。

「カルディアス大陸南部ではどの家庭でも食べられているのだが、それ以外では普及率がいまいちだ」

「こんなに美味しいのに……」

「ああ、実験農場で大豊作だし、これを市場に投入して当座の飢えをしのぎたい。というわけでスピカ、レシピを開発してそれを城下に広めてくれないか?」

「わたくしごときがお役に立てるのならば」

瞳《ひとみ》を輝かせ、レシピを研究し始めるスピカ、翌日には「トマトの鶏胸肉《とり》煮込み」、「トマトクリーム煮」などを考案する。

「うまし!」

味見役の義経はそのように称賛する。ただ彼女は腹ペコキャラ、なにを食べても美味というので偏食家の光秀などにも食べさせたが、彼も「美味」と太鼓判を押してくれた。しかし、トマトを市場に流してもまったく売れない。海のものとも山のものとも分からない食材を買う市民は少なかった。

急遽《きゅうきょ》、供給担当奉行《ぶぎょう》に任じられたジャンヌは頭を悩ませ、

「最初は売るのではなく、無償で提供するのはどうかしら?」

と無難な案を提案する。それしか方法がないと悟った光秀は渋々了承する。

「また財政が悪化する……」

「民が飢えるよりましでしょう」

と至極真っ当なことをいうが、その大判振る舞いの策も通用しない。

「悪魔の実」という評判が広まっていたトマトは、ただでももらい手《て》が現れない。

大量の在庫を見て吐息をもらす文官連中だが、俺はとっておきの秘策を思いつく。

「人間心理を甘く見ていた。人間は保守的で冒険心に乏しいのだ」

「魔族もですよ。こんなに美味しいのに」

トマトに齧《かじ》り付くジャンヌ。

「ああ、いったん食べる風習さえできれば、今後、我が国の台所を支える食材になるはず。というわけでトマトの農場に囲いをするんだ」

「囲い？　なんでですか？　こんな不人気作物、盗まれることはありませんよ？」

「だからだよ。現状、ただでもいらないという状態だが、これが価値のある食べ物だと分かったらどうだ？」

「と言いますと？」

「今、間者を使って城下に噂《うわさ》を流させている。トマトという赤い果実は不老不死の仙薬の材料になる、と。食べれば定命が一日伸びる、と」

「なるほど！」

「そうだ。厳重に守ることによって価値があるものだと思い込ませるんだよ」

「逆転の発想ですね！」

「そういうこと。高い囲いを作れ、鉄条網も忘れるなよ」

「そして一箇所、警備に〝穴〟をあけるのですね」

「その通り」

「さすがはフール様！　その知謀、まさしく神！　ジャンヌの身体は火照《ほて》ってしまいます」

「夏風邪には気を付けろよ」

そのようなやりとりをすると、農場の作業員たちは鉄条網付きの柵を作り上げる。あえて警備が手薄な箇所も。

案の定、そこから盗賊が侵入する。彼らは大量にトマトを盗み出し、それを魔術師ギルドに売り払おうとするが、当然、買い取りを拒否される。「聞いていた話とは違う」と憤慨する彼らだが、せっかく盗んだのだからとトマトを食する。

すると彼らは驚愕することになる。

「な、なんだ、これ⁉」

「めちゃくちゃ美味《うま》いぞ⁉」

特に火を通すと旨味が倍増することに気がついた彼らは、こぞってパスタソースを作り始める。

盗賊たちの妻がそれを近所に広め、近所の女たちがそれを隣家に教え、一ヶ月後には国中で食されるようになる。

これが「盗賊風トマトパスタ」の発祥となるのだが、歴史書に記載されることはなかった。

ただ、後世の食文化に大いなる影響を与えることにはなる。ジャンヌいわく、

「フール様は食文化さえ変えてしまう」

ということになるらしいが、それはともかく、トマトによって食糧難が少しだけ緩和したことはたしかだった。

†

一晩ゆっくり眠る。

――いや、ゆっくりではないか。

夜中、枕《まくら》を持ったジャンヌがもじもじしながらやってきた。

なんでもそろそろ溜《た》まったものを出さなければお身体に障るということであったが、彼女とベッドを共にするほうが疲労は溜まるだろう。丁重にお帰り願う。

その後、義経が城の庭で素振り一万回を始める。

「えい！　やー！　たー！」

素振りするたびに大声を上げるのでなかなか眠れない。

明け方になると光秀が城の広場で乾布摩擦を始める。

念仏を唱えながら行うものだから、辛気くさい上にうるさい。

というか揃《そろ》いも揃って俺の寝室の下でやるな、と苦情を入れたいところであるが、合間合間に仮眠を取ると、四時間半ほど眠れた。

人間は深い睡眠と浅い睡眠を一時間半繰り返す。つまり三セット眠れたというわけだ。まあ、最低限の睡眠時間は確保できたので、朝になると食堂に向かう。

魔族と人間の侍女たちが慌ただしく朝食の準備をしていた。

俺は部下たちと一緒に食事を摂るようにしていたから、人数分の食事を一斉に出すのが手間なようだ。

(もう少し城を拡張して、メイドの数を増やすかな)

そのような感想を抱いていると、スピカがにっこりとしてシルバーワゴンを押してきた。

「ご主人様、今日は和食と洋食、どちらになさいますか？」

「選べるのか」

「はい。義経様のご要望です」

見れば義経は摘まみ食いをしていた。ベーコンエッグを食べている。彼女（彼？）はかなりの腹ぺこキャラのようで、大人三人分は食べる。戦場では千人分の働きをするので皮肉を言うつもりはないが。

「なるほど、和食だとなんになる？」

「炊き込みご飯に茄子《なす》の揚げ出しとネギのお味噌汁《みそしる》です」

「和の中の和という感じだな」

「はい、それにしても米というのは美味しいものですね」

「美味しいだけでなく、効率的な穀物なんだ。作付面積あたりの収穫量が麦の比ではない」

「まあ」

「愚者の国は山がちなので耕地確保が難しい。その上、他国にばれたくなかったから、山深い里で棚田を作っていた。大豆栽培も推奨していた」

「はい。お味噌も、炊き込みご飯に入れるお豆も容易に手に入りました」

「その成果がこれというわけか。じゃあ、俺は和食にしようかな」

その言葉を聞いたスピカは、「はい」と嬉《うれ》しそうに和食を食卓に並べる。なんでも茄子の揚げ出しを作ったのは彼女だそうな。さっそく、いただきたいところであるが、俺は義経と違って品行方正なので、部下たちが揃うまで手を付けない。

けだるげな聖女様と朝から元気いっぱいの光秀が揃うと、皆で「いただきます」をする。

ジャンヌは己の信じるセム系一神教に祈りを捧《ささ》げ、光秀は摩利支天《まりしてん》に祈りを捧げ、義経は武士の守護神の八幡大菩薩《はちまんだいぼさつ》に祈りを捧げる。

俺は食料を作ってくれた農民たちに感謝を捧げると、箸《はし》を付ける。

メイドたちが作ってくれた朝食は絶品だった。

炊き込みご飯にはタケノコと大豆が入っている。醤油《しょうゆ》とカツオダシでほんのりと味付けされており、いくらでも食べることが出来た。

味噌汁もネギしか入っていないが、丁重にダシが取られており、美味である。

そしてなによりも美味いのは揚げた茄子であった。

こちらの世界でもよく食べる茄子。

肉厚でジューシーな茄子は、肉の代用品として重宝される。油をよく吸う上、食べ応《ごた》えがあるので、まるで肉を食べているような気分を味わえるのだ。

たっぷりと油を吸わせた茄子の揚げ出しは、絶妙な味加減だった。

和食も選んだ義経は、「美味い美味い」と口に運ぶ。

光秀の口にも合うようで、おかわりを所望していた。

元気があってよろしい、俺もおかわりをしようとするが、違和感を覚える。

三切れ目の茄子を口に運ぼうとして。途中で手が止ってしまったのだ。

義経と光秀は食べるのに夢中で気がつかないが、ジャンヌは気づく。

「は！　もしや毒殺⁉」

そのような心配をしたようだが、それはない。メイドたちは全員、信用のおけるものであった。それに俺は魔王だ。事前に《毒味》の魔法を掛けてある。

ならばなぜ、空中で箸が止まっているかといえば、この茄子に違和感を覚えてしまったのだ。

「――お口に合いませんでしたでしょうか?」

スピカが悲しげに尋ねてくる。

そういえばこれは彼女が作ったものか。

誤解させたくないので正直に話す。

「いや、君の調理法は最適だ。火の通し方から味付けまで、非の打ち所がない。俺の好みでもある」

ジャンヌは俺から茄子を奪い、ぱくり、と味見する。

「たしかに美味しゅうございます」

もぐもぐごっくんとすると、頬を染めたのは間接キスとでも思っているのだろう。

「問題なのはこの茄子の味だ。今は夏だよな」

「はい。初夏でございます」

耳を澄ませば蟬《せみ》の鳴き声が聞こえる。

「なのにこの茄子は秋茄子の味がした」

「秋茄子の味――」

スピカはいぶかしげに茄子を見つめる。

「わたしは夏の茄子と秋の茄子の違いが分かりません。——ひなびた茄子しか食べたことがないので」

元奴隷の娘は悲しげに言うが、源氏の御曹司《おんぞうし》である義経も分からないようだ。

明智光秀も、

「はて、この茄子も十分美味いですがなあ」

としか言わない。

「たしかに美味いさ。夏茄子には夏茄子の味があり、秋茄子には秋茄子の味がある。どっちが上かではないんだ。問題なのは夏なのに秋の味がするってことだ」

「どういうことでしょうか？」

「つまり、初夏なのに秋茄子ができあがったということは、今年の夏は冷夏になるってことだ」

「な、なんですと⁉」

光秀が顔を蒼《あお》くさせる。

「冷夏になれば作物が育ちません」

ジャンヌが常識論を述べる。

「ああ、ただでさえ食糧不足で大変だというのに、もしも冷夏になれば食糧三倍増計画など不可能だ」

「至急、対策せねば」

ジャンヌはそう言うが、「――でもどうやって」と続ける。

「寒さに強い作物を植えるしかないな。ひえやあわなどを作ろう」

「雑穀ですが、飢えて死ぬよりましですな」

「あとはドワーフたちに温室を作ってもらおう。愚者の国は火山帯だから、地熱が利用できる」

「さすがはフール様」

「まあ、大まかな指示はできるが、農業には細やかな指導が必要だ。それに合った英雄を召喚しようと思う」

「まあ、また英雄召喚ですか」

ジャンヌは呆れる。

「国の数が二倍になったのだから、二倍に増やしたっていいくらいさ。ただ、生け贄《い》《にえ》などは使いたくないから、今回はFランクの英雄を召喚する」

「Fランク……役に立つのでしょうか」

「世間的な知名度がないからFなのであって、能力はA級さ」

そのように言い放つと、先日、城下の骨董市《こっとういち》で手に入れた銅像を手配させる。

転移の間に向かい、その銅像を見たジャンヌは奇異な表情を浮かべる。

「……なんですか、この銅像。薪《まき》を背負いながら本を読んでいる」

「奇っ怪な銅像ですな。本を読みながら歩くとは危ない」

光秀も似たような感想を浮かべたのが面白《おもしろ》かった。

「同じ日本人でも世代が違うと知らないものだな。このものは二宮尊徳《にのみやそんとく》だ」

「二宮尊徳？」

「ああ、江戸時代、相模《さがみ》の国《くに》の農民だ」

「私と一緒なのか」

ジャンヌは漏《も》らす。

「君は聖女であり、武人だが、このものは剣を持たない。このものはいわば農政家だな」

「農政家か。農民が政治を行うなど、徳川殿の治世はなかなかに面白い」

光秀は己の顎《あご》をなで回す。

「二宮尊徳は没落した豪農の家に生まれたんだが、質素倹約と勉学によって再び豪農に返り咲いたんだ。それだけでなく、他の農民にも効率的な農業を教えたり、はては殿様のアドバイザーになって国を富ませたんだ」

「おお、素晴らしい。私と同じ農民がそのような業績を」

「素晴らしい農政家だよ」

「今、我らが一番ほしい人材ですな」

「そういうことだ。ちなみに彼の名前を思い出したのは、スピカのおかげだ」

「え？　わたしの？」

己の鼻を指さし、戸惑うスピカ。

「ああ、茄子のおかげで思い出した。茄子のエピソードは二宮尊徳のものなんだ」

「そうなんですか」

「夏に茄子を食べた尊徳が冷害を予感して、作物を植え替えさせた。尊徳の言葉を信じた村だけは冷害の被害を受けなかったという」

「神様みたいな舌をお持ちなんですね」

「そういうこと。彼自身、農民だから細やかな指示もできる。我が国の農政担当大臣として辣腕《らつわん》を振るって貰おうか」

そのように言い放つと、いつものように魔法陣を描き、召喚呪文《じゅもん》を詠唱する。

二宮尊徳はFランクの英雄なので、そんなに時間はかからない。

生け贄も米俵《こめだわら》数個で済んだ。

「コスパの良い英雄だ。たった数個の米俵を何万倍にもしてくれるのだから」

そんなことを言っているうちに、召喚されたのは、薪を背負い、本を読んでいる少年。

彼は、

「え……？　え……？」

と周囲を見渡す。

「銅像と同じ子供が出てきましたね」

「そうだな」

二宮尊徳は長寿の英雄であるが、世間のイメージは子供なのかも知れない。

異世界の戦前、彼の銅像はどの小学校にもあったそうで、その姿は決まって薪を背負い、本を読んでいる少年だったそうな。

利発そうな少年は本から目を離すと、深々と頭を下げる。

「……あなたが僕を召喚した魔王様ですね」

「うむ」

「僕のようなFランクの英雄を呼ぶとは珍しい。――というか初めてです」

「ランクなど関係ないさ。君の手腕はAランクだと思っている」

「ありがとうございます」

「それに我が愚者の国はいわゆる〝負け組〟英雄を揃えるというコンセプトがあるんだ。まあ、君は負け組じゃないが、地味だから我々と気が合うと思うぞ」

「たしかにそうかもしれません。この召喚部屋も質実剛健だ」

「必要なものを必要に揃えるのは俺の哲学だ」

「ちなみに僕が必要ということは、食糧難なんですよね」

「そういうことだ。三ヶ月で産物の生産力を三倍にしたい」

「そりゃ無茶だ。農業はじっくりと取り込むもの」

「それは承知している。しかし、この世界には日本にはない魔法がある。ドワーフというチート種族もいる。なんとかなるさ」

「なるほど、魔法にドワーフか。ならばなんとかなるかも……」

ちなみに召喚される英雄は、この世界の基本的な知識を持っていることが多い。

光秀とジャンヌに聴取したところ、死んだ後に奇妙な神殿に招待され、そこで戦《いくさ》乙女たちの接待を受ける。そこには図書館があり、そこでこの世界の知識も学べるのだそうな。

本がなによりも好きな二宮尊徳は、誰よりもその図書館の本を読んだに違いない。

そのように推察したが、それは間違っていなかったようだ。

彼は短期間で実る作物、冷害に強い作物を列挙すると、それらの効率的な育て方を教えてくれた。

ちなみに彼にも茄子を食べてもらったが、同じ結論を口にしてくれる。

「たしかにこれは秋茄子の味です。今年は冷害かもしれません」

と同意してくれる。

ジャンヌたちは二宮尊徳少年の明敏さに驚くが、それ以上に俺の舌にも驚く。

「茄子の味だけで冷害を予測するなんて、まさしく神の舌ですわ」

ジャンヌが礼賛し、光秀が相づちを打つ。

「魔王殿は未来を見通す魔法の鏡でも持っているのだろうか」

そんなものは持っていないが、今後も未来を見通せるように頑張りたいものであった。

そのように決意表明すると、皆で農政改革に着手する。

†

二宮尊徳という最高の農政家を手に入れた。

彼はさっそく、愚者の城の図書館に籠《こ》もると、この国の農業について勉強を始める。

本を読み始めると我を忘れ、没頭するのは銅像と同じであった。

三六時間ぶっ続けで本を読みあさる二宮尊徳。

そんな彼が倒れぬように健康に留意するはメイドのスピカ。水分補給を欠かさぬように定期的にお茶を差し出し、握り飯も与える。

その間が絶妙で、二宮尊徳の気を散らさない上に、読書効率を最大限に引き上げていた。まさしくプロのメイドさんの技であるが、それによってもたらされた計画は上々のものであった。

二宮尊徳は愚者の国で使われていない耕作地の効率的な運用法、それに新しく得た戦車の国の耕地の活用法のプランを提示する。

スペルミスひとつない完璧《かんぺき》な報告書に満足すると、それらを実行させる。

二宮尊徳はさっそく、現地に向かおうとするが、彼の表情は暗い。

その理由は明白で、彼のプランは完璧であったが、それはあくまで通常の農法であった。その成果が出るのは早くて半年後なのだ。期限である三ヶ月後に間に合わないのである。

しかし、それは承知済みだったので、笑顔で彼を見送る。

「君を召喚したのは〝正規〟の方法で農業生産力を上げるためだ。〝邪道〟は俺が担当するから気にせず自分の仕事に邁進《まいしん》しろ」

と勇気づけた。俺を信頼してくれている尊徳は黙って旅立つ。

その姿をジャンヌと見送ると、彼女は問うた。

「邪道を用いるとのことですが、私は役に立ちそうですか？」

「まあな。城代を務めてもらう」

やりましたわ！　と恍惚《こうこつ》の表情を浮かべるジャンヌ。

一緒に連れて行くとトラブルを起こすに違いないからお留守番、とは言えない。

ちなみに明智光秀は二宮尊徳の補佐に付けた。

愚者の国はともかく、戦車の国は先日まで敵国だった。

そんなところを少年ひとり歩かせるのは酷だろう。

明智光秀は老齢であり、武勇の人ではないが、それは義経などと比べての話。少年を守る力は十分にあったし、それを期待してもいいはずであった。

というわけで出向組を見送ると、これから森に旅立つ。

「森ですか？」

ジャンヌが尋ねてくる。

「ああ、この国は魔族よりも前に移住してきた古エルフ族がいる。彼らの力を借りようと思っている」

「古のエルフ族⁉」

「知っているのか？」

「私はフール様の軍師役ですよ」

「そうだった。旗を振るだけじゃなかった」

「一応、本とかも読み聞かせてもらっています」

無学な彼女は文字が読めない。そのためメイドのひとりに読み聞かせてもらっているようだ。その姿は涙ぐましい。

「ゆえにこの国の常識くらいは知っています。古のエルフは『時を忘れた森』に住むものたちです。古代エルフの秘技を受け継いでいますが、とても頑迷な種族。どの魔王にも協力しないはずです」

「だろうな。我が一族でも彼らを説得できたものはいない」

「そんな頑固者にどうやって協力を。そもそもなにを協力させるのです？」

「エルフといえば自然と調和した一族、樹木のエキスパートだ。『時を忘れた森』には『世界樹』と呼ばれる大木がある。その雫《しずく》を分けて貰おうかと」

「世界樹の雫ですね」

「世界樹の雫を農地にばらまけば、農作物は何倍もの早さで生長する。さすれば三ヶ月以内に農業生産力を三倍にできる」

「……それは可能かもしれませんが」

「それしか方法がないんだよ。食糧が枯渇目前の戦車の国、さらに愚者の国では冷害の兆候。ドワーフに温室を作らせているが、それが軌道に乗るのも半年後からだ」

「民が飢える兆しが見えるのですね」

「そういうことだ。俺はこの国の支配者だ。彼らの労働成果で食っている。その代わり、俺はこの国をより良きものにすると彼らと契約したんだ」

「民との契約……」

「ああ、紙で交わさない神聖な契約だ。絶対に反故《ほご》にしてはならない契約。それを果たすために俺は王になり、王であり続けている」

「なんという素敵な考え方なのでしょうか。フランスにもあなたのような偉大な王がほしかった」

ジャンヌはそのように言うと、決意を固めたようだ。

「分かりました。古エルフを説得に行ってくださいまし！」

ジャンヌはさっそく、メイドたちに準備をさせる。

俺はその間、エルフたちを説得するための秘策を練る。

——もっとも古エルフの文献は少なく、彼らは頑固で頑迷だということしか分からない。

調べれば調べるほど説得が困難であることを知る。

第四章 時を忘れた森

†

時を忘れた森に向かうのは、俺《おれ》とスピカと源《みなもとの》義経《よしつね》。

スピカは俺の小間使い、義経は護衛役というところだろうか。

もっかのところ、武力を担《にな》っているのは義経だけであり、彼（彼女？）にはフルで稼働してもらわなければならない。

臆面《おくめん》もなくそのことを伝えるが、義経は頼られるのが好きなようだ。

「そのように言われればこの義経、万全の働きをしなければならないな」

名刀『薄緑《うすみどり》』を自慢げに抜き、剣舞を放つ。

その自信は過信でもなんでもない。

そこらの魔物ならば十分、ひとりで倒せる力を持っていた。

事実、道中で湧《わ》き出《で》たスライムを粉砕する。

Dark lord of heroic tale

名刀薄緑で粉砕、両断、分断を繰り返す。

「魔王殿の手を煩《わずら》わせることもない」

にやりとして宣言するが、事実、雑魚《ざこ》モンスターはすべて義経が掃討《そうとう》してくれた。

ただ、途中で遭遇したワイバーンだけは手が出なかったが。

彼女（彼？）の実力が及《およ》ばないというよりも、大空を駆け回る魔物と相性《あいしょう》が悪いだけだが。

空から奇襲をし、我々を捕食しようとする飛竜と義経の相性は最悪だった。

基本、地に足が付いた英雄なので、空を飛ぶ魔物との相性は悪いようだ。

なのでここは俺の出番、自身に《飛翔《ひしょう》》の魔法を掛けると、そのまま大空へ飛ぶ。

そしてワイバーンの翼を、《颪刃》の魔法でずたずたに切り裂く。

颪の刃《やいば》によって翼を切り裂かれた一頭のワイバーンは地面に落ちる。そのまま首を折って
くれれば楽であったが、そのような幸運はなく、怒りの咆哮《ほうこう》を上げる。

ただ、源義経は地に落ちた飛竜を見逃さない。

名刀薄緑を抜き放つと、一刀で首を切り落とす。

ぐぎゃ――――。

肺との接続を絶たれたワイバーンは最期に情けない声を漏《も》らすと、そのまま死に絶えた。

（……見事な剣技だ）

そのような称賛を心の中で送ると、もう一匹のワイバーンを始末する。

空中に滞在している俺を喰らおうとするワイバーン、彼の目は血走っていた。

腹が減っているというよりも心底俺を憎んでいるような瞳《ひとみ》をしていた。もしかして下で痙攣《けいれん》しているワイバーンの兄弟なのかもしれない。

ならば悪いことをした、と思うが、それでも仇《かたき》を討《う》たせてやるつもりはなかった。

俺を喰らおうと大口を開けて突進するワイバーンの攻撃をかわすと、《雷撃》の呪文《じゅもん》を放つ。

読んで字のごとく、雷の呪文であるが、俺の作り出した雷の槍《やり》はまさしく稲妻のような速度でワイバーンに突き刺さる。

翼を持った蜥蜴《とかげ》は悶《もだ》え苦しみながら落下していく。

そのまま地面に叩《たた》きつけられそうになるが、彼は直前で身を翻《ひるがえ》し、大空に舞う。

「な⁉　フール殿の魔法が効かない⁉」

義経は驚愕《きょうがく》の声を上げるが、その説明は正確性に欠ける。

俺の攻撃が効かなかったわけではない。単純に怒りが肉体を超越しているだけだった。なんとしてでも俺を喰らおうとする執念がやつに力を与えているのだ。

これはただの魔法では始末できぬ。

そう思った俺は覚悟を固め、やつに喰われてやることにする。

やつの大口に呑まれてやったのだ。

強靱《きょうじん》な牙《きば》が俺を咀嚼《そしゃく》し、胃の中に放り込まれるが、俺は死んではいない。

口に入る瞬間、幾重にも防御魔法を重ねたのだ。

やつの牙を避けた俺であるが、ここが胃の中であることには変わりない。このままでは強烈な胃酸によって溶かされるであるが、それも防ぐ。

なぜならば俺は魔王だから。

心配げに俺を見つめているだろうスピカと義経に面白《おもしろ》いものを見せる。

自身の身体に爆発《ばくはつ》属性を帯びさせると、それを解き放つ。

するとワイバーンの身体の中で爆弾が爆発する。

内部爆発によって肉片を四散させる飛竜。

ワイバーンは即死する。

思わぬ花火に驚くスピカ。

義経は汚い花火だと言うが、俺が無事に戻ってきたことは嬉《うれ》しいようだ。

「面白い倒し方をされますな」

と称賛する。

「まあな。外部の皮膚は硬くても、胃の中までは鍛えていなかったようだ」

そのように明かすと、俺はスピカからハンドタオルを受け取った。

俺の身体は胃液と血液でまみれていた。

「まったく、初日からこれだと思いやられるが、悪運は初日に使い切ったと思うことにしようか」

そのように纏《まと》めると、野営することを宣言する。

ふたりは了承すると、テントの準備を始めた。

その間、俺は水浴びができる水場を探す。

ひとっ風呂《ぷろ》浴びたいのだ。

血だらけ胃液だらけでご婦人たちと食事を摂るのは躊躇《ためら》われた。

上空を飛んだときに目星を付けた川まで向かうと、そのまま身を清めた。

ちなみにその後、スピカも水浴びしたが、義経はかたくなに水浴びしなかった。

理由は察することができる。

彼女の性別が『義経』だからだ。意味が分からない性別だが、服を脱げば真実が白日の下にさらされると思っているのだろう。無論、俺もスピカも覗《のぞ》きなど絶対にしないが、ここは野外だった。つまり誰《だれ》でも通る可能性があるのだ。である以上、安易に水浴びなどできないのだろう。

　ちなみに愚者の城には大浴場がある。

「男湯」と「女湯」に分かれているが、三日に一回、二一時から二三時の間、「義経」という暖簾《のれん》が掛かる。その時間は男も女も入浴できず、「義経」だけが入浴できる決まりなのだ。魔王の勅令によって定められているので、どのような人物も近づくことさえない。

その時間のみが唯一、彼女（彼？）が自由になれる時間で、入浴後は弛緩《しかん》した表情の義経を見ることが出来る。

まあ、彼女の性別はばればれなのだが、本人が義経と言い張る以上、周りはそれに合わせるしかない。面倒だが、彼女は愚者の国の切り込み隊長にして侍大将《さむらいだいしょう》なのだ。それ相応の扱いが必要であった。

そのような回想をしながら、夕食を食べ、床につく。

スピカからも義経からもいい匂《にお》いがする。

義経は性別「義経」らしく、一日くらい風呂に入らなくても問題ないようだ。ある意味、本物の女子より優れたところのある体質の保有者だった。

†

三人で旅を続けること四日。件《くだん》の『時を忘れた森』が見えてくる。

「あれが時を忘れた森――」

スピカは感慨深げに言葉にする。

「有史以来人間が入ったことがないほど荘厳《そうごん》な雰囲気だな」

とは義経の言葉だった。

「同意だ。実際、あの森はこの地に魔族が移住する前から存在する」

「たしか魔族より古エルフのほうが歴史が古いのだよな」

「ああ、大昔、神々と邪神が争う前からこの地に住んでいたのが古エルフだ」

「神々は人間やドワーフやエルフなどを召喚し、邪神は魔族や魔物を召喚した」

「そうだ。そして邪神が勝利し、この地を二二人の魔王に与えた」

「以来三〇〇〇年間、この地は二二のアルカナを有する魔王が支配してきた」

「アルカナとはなんなのですか？」

スピカが尋ねてくる。

「アルカナとはタロットカードの属性かな」

「タロット由来の言葉なのですね」

「そうだ。タロットカードは二二種類あって、愚者、魔術師、女教皇、女帝、皇帝、教皇、恋人、戦車、正義、隠者、運命の輪、力、吊《つる》された男、死神、節制、悪魔、塔、星、月、太陽、審判、世界とある」

「魔王様は愚者のダークロードです」

「そういうことだ。まあ、二二名家といってもいいかな。カルディアス大陸の有力諸侯、それが二二のダークロードだ」

「ちなみにダークロードと魔王とはどこが違うのだ?」

義経の素朴な疑問に簡潔に応《こた》える。

「どっちも同じだな。魔王を中二っぽい呼称にしたのがダークロードだ」

ちゅうに? 義経とスピカは首をひねるが、彼女たちに異世界の用語を説明しても無駄なのでしない。

「まあ、話を戻すが、三〇〇〇年よりも前、一部の伝承ではこのカルディアス大陸が創造神によって構築されたときより存在するのが古エルフ族だ」

「由緒正しきエルフなのですね」

「そういうこと。その代わり気位も高いし、偏屈なものが多い」

「愚者の国に住みながら魔王殿に貢《みつ》ぎ物も差し出さないと聞く」

「古エルフ族は不可侵民族だ。愚者の国に限らず、他の国も干渉できないことになっている」

「なぜに?」

「古代からの決まりと、物理的に不可能なのだ」

「どういう意味だ?」

「古エルフ族の長老は神にも等しいのだ。四大精霊の王を同時に操《あやつ》り、彼が怒れば数分で一国を滅ぼせるといわれている」

ごくり、と生唾《なまつば》を飲む義経。

「触らぬ神にたたりなし、というやつか」

「そういうこと。そもそも古エルフ族は征服欲がない。静かな生活を望む一族だ。むやみに刺激しなければ魔王の国にも干渉しない」

「互いに無視するのが一番、ということか」

「そういうことだが、今回、あえてその禁を破る」

「騒がすのだな」

「ああ、敵対する気はない。兵を貸してもらおうとも思わないが、彼らが大切にしている世界樹の雫《しずく》を分けてもらう」

「彼らは気前がいいのか？」

「それは知らないが、世界樹は彼らにとって神聖で、よそ者には触れさせるどころか見せることもないそうだ」

「絶望的じゃないか」

義経は頭を抱えるが、その通りであった。

このまま森に入っても世界樹の雫をもらうことはできないだろう。

それどころか、逆に敵対の意思を示される恐れもあった。

「そうなったらどうされるのですか？」

スピカが心配げに尋ねてくるが、答えは決まっていた。

「そうなればゲームオーバーだ。食糧が尽き、戦車の国の民は離反するだろう。その隙《すき》を他の魔王に突かれ、我が国は滅亡する」

「なんたることだ。魔王殿は博打《ばくち》を行っているのか」

義経が嘆くが、その通りであった。

「我が愚者の国は二二の国の中で最弱だった。そんな国が世界統一を目指すこと自体、ギャンブルなんだよ」

もしもその博打に負けたら――とは問われなかった。

博打に負けたらあとがないことを理解したのだろう。

彼女（彼？）は忠誠心が篤《あつ》い部下なので、主が滅亡しないように気を引き締めてくれる。

「この上は古エルフ族が味方したくなるように振る舞うだけ」

彼女は背中から野太刀《のだち》を抜き出すと、剣舞を舞う、
その美しい剣舞を見れば古エルフが興味を示してくれるかもとのことだが、そんなに都合良くはいかないだろう。

誇り高い古エルフ族とよしみを通じるには、もっと違うなにかが必要であった。

それがなんであるか、分からないが、ともかく、会わないと始まらない。

古エルフ族の集落、もしくは古エルフ族と接触をはかるため、俺たちは鬱蒼《うっそう》と生い茂る森

の中に入っていった。

†

時を忘れた森は、時が止まっていた。

森の中に入ると光がなくなるのである。

鬱蒼と生い茂る木々は、俺たちから昼夜の感覚を奪う。

また通常の森とは植生が違うようで、季節をまったく感じさせないのだ。

「ブナの木もポプラの木もない」

周囲を確認するが、鳥獣の類《たぐ》いも少ないように思われた。

「本当に時が止まっているようですね」

スピカも同意するが、義経は疑問を口にする。

「このような森に本当にエルフはいるのだろうか？　普段、なにを食べているのだろう」

「エルフといえばキノコだろう。鳥獣は少ないが、キノコ類はたくさん生えている」

見ればそこら中にキノコが生えていた。

松茸《まつたけ》系やトリュフ系、シメジ系にエリンギもある。キノコのデパートだ。

日差《ひざ》しが少なく、湿っているので、キノコの生育に適しているのだろう。

そのように説明するが、義経の口元を見るともぐもぐと動いていた。

食いしん坊キャラの義経は生でキノコを食べているようだ。

ちなみにキノコは生で食べられない。酷《ひど》く不味いし、場合によっては腹を下す。

ただ、マッシュルームだけは例外で、生で食べられる。

義経はそれを肌感覚で知っているのだろう。口に運んでいるのはマッシュルーム系だけだった。

「生存本能がすさまじいのかな」

意図せずにキノコをより分ける義経の本能の凄《すさ》まじさに称賛の念を抱くが、彼（彼女？）の足が止まる。最初、腹痛でも覚えたかと持ったが、違った。

義経は顔を険しくさせると、スピカの前進を止める。

その瞬間、空気を切り裂く音が。


シュッ!!


という音が耳に届くと同時に、防御魔法を展開させる。

義経の喉元《のどもと》を狙《ねら》っていた矢は逸《そ》れ、地を刺す。

「…………」

殺意に満ちた一撃であった。

「話し合いの余地はないか」

「そのようだな」

義経も首肯する。

矢を放ったものたちに告げる。

「いにしえのエルフたちは思慮深く、叡智《えいち》を持った一族と聞いていたが、それは間違いだったか」

皮肉を言い放つと、古エルフたちは激高する。

「我が一族の知性は大陸随一だ！」

「ならばなぜ、いきなり攻撃する。我々に敵意はないぞ」

「嘘《うそ》をつけ、先日も我々の仲間をさらって喰らったくせに！」

心当たりが一切《いっさい》なかったので、

「そのようなことはしていない」

と言い放つが、彼らは信じてくれなかった。

無数の矢が飛んでくる。

障壁魔法でそれらを防御するが、やつらも学習したのだろう。物理攻撃を諦《あきら》める。

静寂の森に一陣の風が巻き起こる。

一瞬にして精霊力が満ちあふれる。

風の精霊シルフが具現化する。半透明の少女のような姿をした精霊は、木々の間を舞っていた。その姿は危険なほど美しかった。

風の精霊シルフが現れると、風の刃が具現化した。

俺の障壁は物理防御に特化していたので、易々と切り裂かれる。

風の刃は俺の身体を切り裂こうと躍起になっていたが、彼女たちの望みが叶《かな》うことはなかった。なぜならば俺は魔王だから。風の刃を悠々と避ける。

「な、シルフの高速の刃を避けるだと⁉」

「これでもダークロードの端くれでね」

「やはり魔王ではないか！」

「魔王でも人の心は持っているつもりだ」

「信じられるか！」

古エルフの若者はそのように言い放つが、俺を援護してくれるものがいた。

後方に控えていたスピカである。

彼女は勇気を振り絞り一歩前進すると、小さな肺に目一杯空気を送り込み、声を張り上げる。

「魔王様はとても優しい魔王様です。人間よりも優しくて、人間らしい心を持っています！」

控えめで気が小さい彼女とは思えない声であった。

義経などは目を丸くしているが、スピカの人となりを知らないエルフたちは感銘を受けなかったようだ。

「魔王に魂を抜かれた人間の雌め！」

戦闘で高ぶっていたエルフの若者がスピカに弓を向ける。

容赦なく矢を放つ若者。

まっすぐに矢がスピカに向かう。

シルフからの攻撃を避けるために強化魔法を使っていた俺は、障壁を張ることができなかった。なので己《おのれ》の手のひらで矢を受ける。

「ま、魔王様⁉」

血で染まる俺の手のひらを見てスピカは顔を青ざめさせる。

「どうした？　血が蒼《あお》くなくて驚いているのか？」

「違います。どうしてわたしごときを守るために御身《おんみ》を……」

「そんな悲しいことを言うな。俺にとって君は大切な存在だ。朝、君が淹れてくれる紅茶がどんなに美味《うま》いことか」

「……なんという慈悲深いお方」

信じられません、と続ける。彼女の前の主人は奴隷を「それ」「あれ」と名付けるような感性の人物だ。奴隷に人権などなく、ましてや主人が命懸けで守る存在ではない。主人にとって奴隷など消費財のひとつにすぎないのだ。

俺のような主人が存在することは奇異にしか映らないのだろう。その気持ちはよくわかる。俺だって一〇〇年ほど前まではスピカの前の主人と大差なかった。

あの〝大聖女〟の娘と出会ってから俺の人生は変わったのだ。

俺は彼女から人の心を学んだ。他人を愛おしく思う気持ちの大切さを学んだのだ。

ゆえに自分のメイドを守ることになんら疑問を感じていなかった。

ただ、俺が〝彼女〟と違うところは敵対者に容赦ないところだろうか。非戦闘員である人間の娘を狙った古エルフを許すことが出来なかった。

俺は加速の魔法で矢を放ったものの懐《ふところ》に入ると、彼の右手を締め上げた。

エルフの細腕を力一杯締め上げる。

「あいたたたッ！」

苦痛に顔を歪《ゆが》める古エルフ。普段ならばここで許すところであるが、お灸《きゅう》を据《す》えるため、エルフの腕を折ることにする。

締め上げた腕をあらぬ方向に曲げると、ボキッと人参《にんじん》を折るような音が響き渡った。

「ぐぎゃあッ」

と情けない声を上げる古エルフ。最も古く、誇り高い一族の末裔《まつえい》であることを感じさせせない情けない悲鳴だった。美形らしさも微塵《みじん》もない。

当たり前か、腕を折られたときの痛みは相当である。戦場の勇者でも耐えられるものではない。

古エルフを解放するとのたうち回るが、腕を折られた古エルフはもちろん、その仲間たちの戦意が衰えない。

それどころからさらなる憎悪を燃やし、俺に挑んでくる。

「これは何人か切り捨てないと収まらないぞ」

戦場慣れしている義経はそう言い放つが、その言葉は正しい。しかし、その意見を採用するわけにはいかなかった。

俺は古エルフを根絶やしにするために来たのではない。彼らと友好を結び、協力を要請しにきたのだ。彼らをひとりでも殺せば永遠に友好など結べなくなる。

そう思った俺は、彼らの戦意を挫《くじ》くための策を巡らす。

「どんな策があるのだ？」

古エルフのひとりを峰打ちで倒した義経が尋ねてくる。

「古エルフ族は誇り高い。それに皆が精霊を操れる精霊魔法の使い手のようだ。精霊を友人のように思っている彼らならば、精霊によって説得するのが手っ取り早い」

そのように言い放つと、義経に後退するように迫る。

古エルフたちに精霊呪文を詠唱させる隙を与えてやるためだった。

前衛の義経が下がると、待っていました、とばかりに呪文を詠唱し始めるエルフたち。次々とシルフが召喚される。

一〇人の精霊使いによって召喚された一〇のシルフは、一〇の風を解き放つ。

鋭い一〇の刃が俺を襲う。

それらをアクロバティックに避ける。

紙一重でかわし、海老《えび》反《ぞ》りし、魔法の障壁を作り、同じ風の刃で打ち消し、気合でかき消す、あらゆる方法で防御するが、さすがの俺も永遠に防御し続けることはできない。

シルフの一撃を頰《ほお》に受けてしまう。

剃刀《かみそり》のような風によって頰から血を流す。

流れ出た血をぺろりと舐《な》めたのは魔王らしさを演出するためだった。

なにせ俺はこれから古エルフたちに魔王らしい魔法を見せつけるのだ。

その魔法とは〝精霊魔法〟だった。

俺は今から風の精霊を召喚する。

しかも奴《やつ》らのような下級の精霊ではなく、精霊の上位種、風の精霊の王を召喚するのだ。

敵の刃を避けながら、自然と一体となり、呪文を詠唱する。

幸いとこの場所は精霊力に満ちていた。

風の精霊界と繫《つな》がっており、そこの王を召喚するのに最も適していた。

「世界の果てで生まれた原初の風よ、
旋風を巻き上げながら悠然と流れん！
世界の 理《ことわり》をその刃で切り裂け！」

「出でよ！　精霊王ガルーダ！」


風の精霊王の名を呼ぶと、森の中の一角がざわめく。その中心から旋風が生まれる。

やがてそれは渦となり、そこから飛び出してきたのは、鳥の頭と翼を持つ亜人だった。

鳥人ともいえる彼は巨大な竜巻の上に乗ると、次々とシルフたちを屠《ほふ》る。

精霊王が触れるだけでシルフは消滅し、風の槍を振り回すたびに消し飛ぶ。

一分ほどでシルフたちを殲滅《せんめつ》し終えると、精霊王は俺を見つめる。

古エルフたちも始末するか、と尋ねているのだろうが、それには及ばなかった。

「俺は殺戮《さつりく》と破壊を求めてこの森にやってきたのではない」

俺の意を理解したガルーダはそのまま精霊界に戻っていく。

そのままガルーダに切り裂かれることを覚悟していた古エルフたちは拍子抜けしているよう

だ。

「風の精霊王を使えば我々を蹂躙《じゅうりん》できたというのに……」

と、つぶやいている。

今こそ誤解を解くべきだろう、俺は名乗りを上げる。

「我が名は愚者の国の王ダークロード・フール。この世界を憂うもののひとりとして、この国の代表として、古エルフ族のものと交渉に来た」

「貴殿が望むのは一方的な支配か」

「違う。我が望むのは共存。我は魔族、人間、亜人たちが笑って暮らせる世界を望んでいる」

「亜人に我ら古エルフ族は含まれるのか？」

「もちろんだ。五つの種族に上下はない。貴殿らはエルフ族として扱う」

そのように宣言すると、古エルフのひとりが仲間に耳打ちする。

「――愚者の国には奴隷がひとりもいないらしい。普通、エルフ族はその美しさに目を付けられ、酷い目に遭わされるのだが、愚者の国ではそういったエルフの話を聞かない」

それを聞いた古エルフのリーダー格の男が反論する。

「しかし、我らは古エルフぞ。ただのエルフと同列では」

「その考え方が古いのではないか。古エルフも森の外のエルフももともとは同族。貴賤《きせん》の差があるとは思えない」

それが正論だったので多くの古エルフ族が納得したようだが、リーダー格の男だけは納得できなかったようだ。

彼のような蒙昧《もうまい》で頑固な人間を納得させるには、なにか劇的なきっかけが必要なのかもしれない。そのように思ったが、そのきっかけは案外早く訪れた。

弓の弦を緩《ゆる》め、交渉に応じかけているエルフの若者に影が覆《おお》い被《かぶ》さる。


「ぐ、ぐぎゃあ」


見ればエルフの若者の首に食らいつく化け物がいた。

緑色の肌と醜怪な顔、それに凶暴な牙を持つ化け物だった。

「オーガか」

オーガとは魔界から召喚された悪魔の尖兵《せんぺい》。

ゴブリンとトロールとオークを掛け合わせたかのような化け物だった。

彼らの長所を併せ持った化け物であるが、この世界ではあまり見かけない。単独で繁殖ができないので数が少ないのだ。

オーガは他の動物の雌の胎《はら》を借りて繁殖するのだ。

ただ、このオーガたちは雌としてのエルフには目もくれない。

古エルフ族の女戦士たちに容赦なく襲い掛かっていた。

(……まるで餌を与えていない狂犬のようだな)

そのような感想を抱くが、その感想は間違っていなかった。

後日、こいつらを召喚したものの目的が判明するが、今はまだ不明であった。今、やらなければいけないのは、彼らの攻撃を撥《は》ね除《の》けることであった。

次々と倒れる古エルフ族の戦士たち、このままでは全滅する可能性もある。そうなれば交渉のチャンネルがなくなる。それにさらなる誤解も生まれるだろう。

愚者の国のダークロード・フールが古エルフ族の自警団を全滅させたなどという風聞が広まっては困る。

逆に古エルフ族の自警団を救ったのはフールだ、という評判を広めたかった。

なので俺はエルフに襲い掛かろうとしていたオーガの首元をむんずと摑《つか》むと、そいつの首をへし折ってやった。

ぼきり、
厭《いや》な音が森に響き渡る。

次いでオーガの集団に《火球》を打ち込む。

醜悪な鬼たちが高熱に包まれ、燃え上がる。

それによって彼らは自分たちが一方的な捕食者でないことを知る。

二〇匹のオーガたちの視線が俺に集まる。

皆、目がぎらついていた。脂ぎっていた。

スピカは恐怖にすくんでいる。俺は彼女を守るように一歩前進すると、義経に申しつけた。

「スピカを守れ。戦鬼《オーガ》の始末は俺がする」

「魔王殿が⁉」

「なにを驚いている。俺は愚者の軍団で最強だぞ」

「しかし、オーガどもは手強《てごわ》いと聞く。とてもひとりじゃ……」

「ひとりじゃないさ、俺には精霊の王が付いている」

「ガルーダを召喚するのか？」

「いや、さっき帰ってもらったのに悪い。だからこんどは水の精霊王と、火の精霊王を頼る」

「な、まさか二体、同時に精霊王を召喚するのか⁉」

驚愕の声を上げたのはエルフの自警団のリーダー格だった。

「その通りだがなにか？」

平然と答える。

「そんなことできるものか。この世で精霊王を同時に使役できるのは我が森の長老のみ！」

「らしいな。神代の時代から生きているエルフ族の長老は、四体同時に精霊王を使役できると聞く。だが、この世界には二体くらいならば同時に使役できる魔王もいる」

そのように言葉を結ぶと、水と火の詩を紡《つむ》ぐ。

「ふたりの精霊王よ、我に力を貸せ！」

精霊言語は省略して、まずは水の精霊王、いや、女王を召喚する。

「この世で最も美しき水の女王よ、この世界を清浄に包め！」

そのように命令すると、森が湿気に満ちる。

森中の水分が一カ所に集まり、そこから透明感溢《あふ》れる美女が出てくる。

水の精霊王ウィンディーネである。

一方、反対側は逆に乾燥していた。空気が極度に乾き、揺らめいている。陽炎《かげろう》が見えるほどの高温に達すると、そこから炎の魔人が出現する。

褐色肌に日輪を背負った武人、両手に炎の曲刀《きょくとう》を持っている。

炎の精霊王イフリートである。

「す、すごい、本当に精霊王を二体同時に……」

エルフは生唾を飲む。

ふたりの精霊王は俺に頭を垂れると、誰を始末するか尋ねてきた。

無論、始末するものは決まっている。

口からエルフの匂いを発する悪鬼どもである。

オーガどもを指さすと、ふたりの精霊王は次々とオーガを駆逐していった。

イフリートは炎の曲刀でオーガを切り裂く。

圧倒的武力と高熱でオーガどもを駆逐する。

ウィンディーネは距離を取り、オーガを狙撃《そげき》する。

水球を飛ばし、オーガに大穴を開ける。また、水球をオーガの腹に入れ、破裂させるという手も使う。

その残酷さに目を覆うスピカであるが、好き好んでこのような殺し方をしているわけではなかった。オーガの戦意を失わせるため、あえてこのような方法で殺しているのだ。

敵の戦意が失われれば、戦闘はすぐに終わる。

結果、そちらのほうが敵味方ともに被害が少なくて済むのだ。

今回の場合、敵の被害はともかく、味方の被害はできるだけ少なくしたかった。

将来、味方になってくれるかもしれない古エルフたちのために残酷なショウを演じたのだが、古エルフたちはそのことを理解してくれた。

戦意を失ったオーガたちがいなくなると、エルフたちは頭を下げる。

「先ほどの無礼、お許しください」

かたくななリーダー格の古エルフが一番深く頭をたれていた。自分たちが救われたことを誰よりも理解しているのだ。

他の自警団の面々もそれぞれに俺を称賛する。

「あなた方がいなければ我々は全滅していた」

「無礼を働いた我らを救ってくれた」

「精霊王を使役するその様、見事です」


あなたは悪い魔王ではないようだ、と続く。

そしてぜひ、我が村に来て歓待させてください、と纏まる。

よろしいのですか？　とは問わない。俺の目的は彼らとよしみを通じることだからだ。オーガの仲間と思われて襲撃を受けたことなど、忘却の彼方へ捨てた。俺は古エルフ族に過去を捨て去り、未来を見てほしいと説得しに来たのだ。まずは自分が範を示さねばならない。

深々と頭を下げ、

「ぜひ、里にご招待ください」

と返答した。

エルフの自警団の若者は、笑顔を漏らした。

全員が美形なので、とても華やかに感じた。

†

古エルフ族の里に戻る前に負傷者の手当てをする。

オーガに頸動脈《けいどうみゃく》をかまれたもの、腕を切り落とされたものがいた。

自警団の面々は全員、精霊魔法の使い手であったが、精霊魔法は回復が苦手だった。

彼らは止血する程度しかできない。

しかし逆に俺は回復魔法が得意だった。

人間の司祭並みの回復魔法で、負傷者の血を止め、生命力を活性化《かっせい》させる。

彼らは目を丸くするが、スピカも驚く。

「魔王様は回復魔法も一流です」

そんなことはないさ、と言いたいが、切り落とされた腕を魔法で繋ぎながら言っても説得力はないだろう。

殺す技術を褒《ほ》められるよりはいいと思ったので、

「ありがとう」

と素直に返すと、彼女は薬草を煎《せん》じるのを手伝ってくれる。

回復魔法は止血や大胆な処置は得意だが、万能ではない。

魔力で回復力を一時的に活性化させているにすぎないのだ。多用すれば自然回復力が弱まってしまう。また、魔力で回復したものは癌《がん》に罹《かか》りやすいという研究結果もある。薬草や自然回復力に委《ゆだ》ねるのが良い癒やし手という格言もある。

なので回復魔法は命に関《かか》わるものだけに使い、残りは薬草で手当をする。

こちらは森の住民のほうが慣れているので、彼らに集めてもらうと、擦《す》り傷《きず》を負ったものなどは薬草で回復させる。

皆で協力し、薬草を塗り、包帯を巻く。

俺も手伝うが、魔王が包帯を巻く姿はとてもシュールだ。

義経は、「黒き癒やし手だな」と的確な表現をするが、彼女も手伝ってくれた。

その姿を見て、ますます古エルフたちの信頼は集まる。

計算上の行動であるが、義経は、

「もしかしたら案外、簡単に世界樹の雫を貰えるかもしれないな」

と冗談めかしていった。

ただ、その予測は外れる。


治療が終わり、エルフの里に招待される。

最初から歓迎されていないのは明白であった。

エルフの女子供たちは、俺の姿を見ると皆、逃げる。

物陰から悪魔でも見るような視線を送ってくる。

「無礼な。魔王殿は悪魔ではなく、魔王なのに」

義経はそう抗弁してくれるが、俺にはその違いは説明できない。むしろ、初めて魔王を見る人々の気持ちのほうがよく分かる。

自警団の若者の信を得られたが、次は里の者たちの信を得ないと世界樹の雫は手に入らないと思った。

その考えかたは正しい。

古エルフの長老が住まう禁域の門までやってくると、門番に止められる。

自警団のリーダーは彼らと話し合うが、まったく取り合ってもらえないようだ。

自警団のリーダー、オルフィスは申し訳なさそうに頭を下げる。

「すまない。我々はあなたが善き王であることを知っているのだが、長老とその取り巻きはそのことを理解してくれないようだ」

「仕方ないさ。魔王の評判は悪い」

「魔王殿がどんなに善行を積んでも、他の二一人がいくらでも足を引っ張ってくれるからな」

義経は皮肉気味に嘆く。

オルフィスも同意する。

「そうなのだ。この森には世界中から魔王の使者がやってくる。多くは我らの軍門に下れというものだ。魔王どもは皆、我らの力に目を付ける」

「精霊王を四体召喚できる部下ができたら、天下統一できる」

「しかし、我らが長老はそのようなことに興味はない。彼らは皆、齢《よわい》数千歳、俗世のことに興味はない」

「す、数千歳⁉」

スピカが驚きの声を上げる。

「よく干からびないな」

義経も同じ感情を覚えているようだ。

「この世界にはエルフがいる。ただ、普通のエルフの寿命は数百歳だ。長くてもな。しかし、古エルフは最低でも一〇〇〇歳は生きるそうな」

「せんさいも……」

ひらがなで絶句すると、指で数を数えるスピカ。自分の何倍生きられるか計算しているようだ。

「一〇〇〇歳しか生きられないともいえるぞ。なにせ、我々の長老は始祖エルフとも呼ばれている。つまり、エルフの祖先だ」

オルフィスは自慢げに語る。

「オリジン・エルフ。創造神が最初に創った種族。神代の時代からずっと生きているものもいるとか」

「そうだ。光魔戦争で光の陣営に立ち、神々と共に戦った」

「神話の時代のエルフということか、そりゃ、強そうだ」

一度お手合わせ願いたいね、と義経は続けるが、それは無理そうであった。

「今し方聞いた通りだ、始祖エルフ様たちは俗世に興味がない。戦いに飽きているのだろう。我々に協力してくれることはなさそうだ。感性がもはや植物なんだろうな」

「言い得て妙だ」

「しかし、こちらも武力を貸して貰うつもりはない。貸して貰うのは世界樹の雫だ」

「それも駄目なのか？」

義経がオルフィスを見つめるが、彼は首を横に振る。

「提案すら出来ない。そもそも長老の耳に入っていないのだろう」

「近習《きんじゅ》の古エルフのもとで止まっている、ということか」

「おそらくは」

「ならば彼らの蒙を啓《ひら》くまでだ」

「蒙を啓く？」

「奴らに聞く耳を持たせるということだ」

「しかし、どうやって？」

「簡単だ。あなたと同じ気持ちを抱かすまで」

「なるほど、この森からオーガの脅威を取り除くのだな」

ぽん、と手を打つ義経。

今度はオルフィスが驚愕する。

「な、なんですって」

「そんなに驚くようなことかな」

「驚きますよ。というか、あなた方はオーガの脅威を――」

と言いかけた彼の言葉が止まる。

先ほどの俺の武力を思い出しているのだろう。

「――いや、あなた方ならばオーガを駆逐できるかも。しかし、メリットが」

「メリットならばあるさ。長老と面会できる」

「面会できても世界樹の雫は貰えないかも」

「どのみち、面会しなければなにも始まらない。それに乗りかかった船だ」

「面白いお方だ」

オルフィスはしみじみと感嘆すると、自警団の総力を挙げて協力する旨を伝えてくれる。しかし、それは丁重に断る。

「いや、オーガ討伐《とうばつ》は我々のみで行う」

「な、なんですって⁉」

「自警団が留守にしている間にこの里を強襲されたら目も当てられない」

「それはそうですが、あなた方だけであの凶暴なオーガと戦うなんて。やつらは一〇〇匹以上いるんですよ」

「そうなのか。しかし、やつらの動きは変だった」

「動き……」

「そうだ。なにものかに統率されているような動きをしていた。エルフを求めるのも繁殖のためではなく、純粋に血肉をほしがっているように見えた。食糧にするためならば、獣を狩ればいい。しかし、やつらには別の目的があるように見える」

「……別の目的」

「その目的を持ったものを討伐すればいい。さすればオーガはただの獣となり、解散するはずだ」

「……なるほど、たしかにそうかもしれない」

俺の考察の正しさを認めたオルフィスは、俺に討伐を託す。

「あなたの指示通り、兵は出しませんが、オーガの巣へ案内するものは出させてください」

「わかった」

オーガの巣の探索から始めないで済むのは有り難《あ》《がた》かった。

それとオルフィスは、討伐前に里で休んでいくように勧めてくる。

恩人をもてなしたいとのことだった。

その気持ちを無下《むげ》にするのも悪い。

それに俺と義経はともかく、スピカは疲れているようだった。

「スピカをオーガの巣穴に連れて行くことはないが、まあ、一緒に休んでおこうか」

「英気を養うのだな」

義経はそのように纏める。

「そうだな」

と首肯すると、義経はにかりと微笑《ほほえ》んだ。どうやら彼（彼女？）も少し疲れていたようだ。

ちなみにスピカを見ると彼女は向日葵《ひまわり》のように微笑んでくれていた。

一緒にいられるのがとても嬉しいようだ。

オルフィスをはじめ、自警団の皆とその家族も似たような気持ちのようで、とても嬉しかった。

俺は数日、彼らのもてなしを受けることにした。

古エルフ族のもてなしはささやかなものだった。

彼らは質素で素朴な生活を営むものたちだからだ。

普段から菜食主義で、キノコと野菜しか食べない。

一応、酒は飲むが、キノコから作った度数の低いキノコ酒が主だった。

あとは外界との交易で手に入れた穀物を使って、どぶろくのようなものを作っている。

元々、酒があまり好きではないのでどうでもいいが、何杯飲んでも酔うことはできなかった。

「酒に強いわけじゃない俺がこれじゃ、酒豪の光秀《みつひで》あたりは絶対酔えないいな」

と独り言を口にするが、横にいる義経は酔っ払っていた。

茹《ゆ》で蛸《だこ》のような顔でごきゅごきゅと白い濁《にご》り酒《ざけ》を飲んでいる。

目が渦巻き状になり、呂律《ろれつ》も回らない。

「くるるぁー！　魔王！　貴様は義経の雌雄を気にしているようだが、そんなに一物《いちもつ》の有無が大事か！」

酔っぱらいに返答すると絡《から》まれることを熟知している俺は無視したくなるが、ちゃんと返答する。無視すると絡まれるだけでは済まないと知っていたからだ。

「そんなに気にしていないさ。むしろ、気にしているのは義経なのではないか？」

「んだとー！　この真っくろ黒すけがー！」

絡み酒が酷いが、脱《ぬ》ぎ癖《ぐせ》もあるようで、義経の性別が義経であることを証明するため、脱ぎ始める。

ぺったんこなので、上半身だけならばごまかせる、と小声で言っているのが丸聞こえであったし、古エルフ族は男女ともに上品な連中なので、慎むように促す。

「分かった、分かった。義経は義経だ。——お、あちらに珍しい酒があるぞ。マツタケ酒だそうな」

「なんと！」

松茸とは異世界の貴重なキノコだ。こちらの世界ではそうでもないのだが、松茸から酒を造る技術はとても珍しいのだろう。義経の好奇心をそちらに向けさせることに成功した俺は席を立つ。

自警団のリーダーに義経の介抱を任し、車座から抜けた。

主役は俺であるが、もうひとりの主役の義経が騒ぎ立ててくれているので、特に問題はなかった。

「九郎判官《くろうほうがん》義経、黒田節《くろだぶし》を歌います！」

鎌倉《かまくら》時代の義経が、江戸時代の歌を歌うのは滑稽《こっけい》であったが、酒を題材にした歌なので違和感はなかった。

「まあ、江戸時代の歌ならば〝小うるさい連中〟もやってこないだろう」

異世界には歌を歌うだけで金を徴収しにくる組織があるそうだが、さすがにここまでやってくるとは思えなかったし、江戸時代の歌の著作権も主張することはないと思ったので、そのまま義経の黒田節を背に森の奥へ向かった。

主役である俺が宴《うたげ》から抜けたのは、酔っ払いの介抱が面倒だった――からではない。

三人目の主役がいないことに気がついたからだ。

奥ゆかしくて働きものの彼女が宴の準備を手伝っていたことは知っていた。

宴も最初だけ参加していたところも見ていた。

しかし、すぐにいなくなったことも確認していたので、事情を聞きたかったのだ。

なにか不快なことがあったのだろうか――、そのようにメイド服姿の少女に尋ねる。

忠実なメイドのスピカは、まさか、と首を振った。

「あまり、楽しげな場に慣れていないので、落ち着かなくて」

宴を抜けた理由を正直に話してくれる。

「そうか、君は奴隷だったものな」

「はい。そうです。魔族のご主人様は毎日のように宴を開いていましたが、使用人が宴の食べ物や飲み物に手を付けようものなら、鞭打《むちう》ちにされました」

「酷いな」

「はい。だから宴の席にいると今もドキドキしてしまって」

「食欲も湧かない、か」

「はい」

「そうだと思って、宴の席から食料を拝借してきた」

懐から太いキノコを取り出す。

「それは？」

「これは世にも珍しい肉の味がするキノコだそうな」

「まあ」

「エルフは肉を食べない。しかし、肉の味が嫌いなわけじゃないらしい」

「お肉は美味《おい》しいですものね」

「そうだ。だから肉の味がするキノコを探求していたら見つけたらしい。エリンギをさらに太くしたような、ジューシーな食感がある」

「肉厚ですね」

「ああ、これをバターで焼くと肉そのものになるらしい。まあ、精進《しょうじん》料理のようなものだな」

「しょうじんりょうり？」

ほえ？　と、クエスチョンマークを浮かべるスピカ。

「異世界の司祭が食べる食べ物だ。異世界の『仏教』と呼ばれる宗教は不殺の誓いを立てる。仏教に帰依《きえ》するものは肉食が禁忌《きんき》なんだ」

「エルフさんみたいですね」

「ああ。ただ、どちらも肉食にかける情熱は残っているようで。野菜や穀物などを肉に見立て、食卓を豊かにしようと努めている」

がんもどき、お麩《ふ》、豆腐など、精進料理でよく使われる肉の代用品を列挙する。

「どこの世界も同じなんですね」

ふふ、と笑うスピカ。

「ああ、煩悩は尽きない」

そう言うと、肉もどきのキノコをパンでくるむ。即席のホットドッグを作り、それを彼女に手渡す。

彼女はそれを口にすると美味しい、と微笑んだ。

「それはよかった。料理の名人のお墨付きを貰えた」

「わたしは名人ではありません」

「名人だよ。君は少ない予算でも素晴らしい料理を出してくれる。幹部連中――、光秀や義経はとても喜んでくれている」

「――ならば嬉しいですが」

「本当はもっと潤沢に予算を出したいが、食に金を掛けるくらいならば国のために使いたくてね」

「立派な志だと思います。――微力ながらそのお手伝いをしたいです」

「もうしてるさ」

俺は彼女が職人芸のような技でジャガイモの皮をむいていることを知っていた。

大根の葉っぱも余さず料理していることを知っていた。

豆苗《とうみょう》の苗を何度も生やしては再利用していることも。

涙ぐましい努力で食費を削り、それでいて最高のご馳走《ちそう》を用意してくれていることを知っていたので、常に感謝の念でいっぱいだ。

スピカは自分の働きぶりを評価されたことが嬉しいらしく、終始、微笑んでくれる。

俺はそんな彼女に改めて礼を言うと、木の切り株に座るように促した。

明智《あけち》光秀がこの場にいれば、「魔王殿、今ですぞ！」と余計なアドバイスをするだろうが、俺はあくまで紳士的にスピカと夜空を見上げる。

スピカは、

「魔王様、この夜空にわたしはいるのでしょうか？」

と尋ねてくる。

自身の名前の由来となったスピカがあるか、尋ねているのだろう。

残念ながらスピカは異世界の星の名前、この世界にはない。

ただ、そのことを彼女に伝える必要はないだろう。

「さて、どうだろうな、一緒に探すか」

「はい」

ふたり、存在しない星を探し続けた。

時間はどこまでもゆっくりと流れる。

日頃《ひごろ》、国政で忙しい俺。このようにゆったりとした時間を持つのは久しぶりだった。

一〇〇年前、スピカによく似た大聖女様の志を受け継いで以来、働きづめであったが、このような時間が大切なことを久しぶりに思い出すことが出来た。

スピカはことあるごとに、「ありがとうございます」と頭を下げる。己を助けてくれて、不遇からすくい上げてくれて、奴隷から解放してくれて、感謝の念でいっぱいということなのだろうが、本当の意味で救われたのは俺自身なのかもしれない。

星空の明かりに照らされる線の細い少女を見つめていると、そのような気持ちが芽生えてきた。

†

スピカとゆったりした時間を過ごし、そのまま宿舎へと帰る。

俺たちはオルフィスの自宅の一間を与えられていた。

質素な客間であったが、元々、華美を好まない連中の集まりだったので、気にすることなく、藁《わら》の布団《ふとん》で寝た。

宴は初日だけだったが、その後も客人として遇され、三日ほど羽を休める。

四日目、十分英気を得られたと思った俺は、出立する意思をオルフィスに伝える。

「分かりました。今、案内役の戦士を」

それと義経さんを呼んできます、と気を利《き》かせるが、そちらは断る。

「なぜです。まさか、ひとりで」

「ああ、そのまさかだ」

「無茶だ！　――と言えないところがフールさんだしなあ」

苦笑いを浮かべるオルフィス。

「この村を守るために自警団をとどめたいが、俺は臆病者でね。念押しで義経も置いときたい」

「スピカさんも残りますしね」

「そういうことだ」

それに、と続ける。

「貴殿たちから仕入れた情報を総合すると、オーガどもを支配しているのは、義経の知り合いかもしれないんだ」

「なんですと！」

オルフィスは驚愕する。

「ああ、オーガどものボスは〝カマクラ〟というのだろう？」

「はい。そのような情報があります。オーガどもがしきりに、カマクラ、カマクラと叫ぶのです」

「その名前に心当たりがあってね。杞憂《きゆう》かもしれないが、そのカマクラは義経に関係する人物かもしれない」

「義経さんが裏切ると？」

「まさか。それは絶対ない。やつの性格もだが、寝返るにしても絶対に寝返らない相手というのもいる」

「カマクラは知り合いではあるが、〝因縁〟の相手でもあると」

「そういうことだ。だから義経には知らせないし、俺ひとりで討伐する」

「分かりました。そういう事情があるのならば」

オルフィスは了承すると、手配してくれた案内役と一緒に里の端まで見送ってくれた。


案内役の戦士はエルフの男だった。

エルフは基本、美形ばかりであるが、このものは若干、無骨だ。

ただ、それでも美丈夫で、とても見目麗《みめうるわ》しかった。

そんなものの案内を受けながら森の奥へ進むが、途中、そのエルフの耳がぴくりと動くことに気がついた。

寡黙な美丈夫である彼は、控えめに、

「――魔王殿、何者かが後をつけています」

と俺に報告をしてくれる。

彼よりも遙《はる》か前にそのことに気がついていた俺だが、礼を言うと対策を述べる。

「尾行するものはなかなかに身軽のようだ。エルフのように優雅に、猿《ましら》のように素早く木々を伝ってやってくる」

「オーガではないようです。やつらは鈍重だ」

「ああ、同じエルフ――でもないようだ」

「はい。エルフならばあのような木を傷つける移動はしません」

「――となると尾行相手は絞れるな」

とある人物の顔が浮かび、思わずため息が漏れてしまう。

「内密に出立――できなかったようだな」

そのように諦めの言葉を口にすると、後方に潜んでいる部下に声を掛ける。

「九郎判官義経、貴殿に斥候《せっこう》や間諜《かんちょう》の才があることも分かった。出てきてくれないか？」

「…………」

すぐに出てこないのはへそを曲げている証《あかし》だった。

彼女（彼？）は意固地なのである。

木々の間から不満げな言葉が聞こえる。

「……なんで義経を置いていった？」

「スピカを守らせるため」

「自警団で十分だろう」

「だな。本当は君を連れて行きたくなかった」

「理由は？」

単刀直入に尋ねてくる。

この期《ご》に及んで隠しても仕方なかったので、正直に答える。

「オーガを支配しているものが、〝カマクラ〟だからだ」

「……!?」

義経は絶句すると、驚愕の表情を浮かべたまま、木々の間から出てくる。

最初、俺を叱《しか》りつけ、抗議しようと思っていたようだが、その憤りも霧散してしまっているようだ。今までに見せたことがないような真剣な表情を見せる。

「貴殿が義経を置いていこうとした理由は分かった。しかし、それを聞いたら是が非でも同行しなければ」

「分かっている。ただ、仮にもしも敵がカマクラでも冷静に対処してくれ。我々の行動にこの森と愚者の国の未来が懸かっているんだ」

「承知」

短く答える義経。

不満も怒りも見せない。

義経は武人の顔になっていた。

†

『時を忘れた森』は広大であり、複雑だった。

土地勘がないものが入り込めば、遭難し、そのまま森の養分となることも多い。

ただ、幸いなことに今は案内人がいる。

森で生まれ育ったエルフが先頭に立って案内してくれているので、迷うことなく目的地まで進めた。

「森の北西部に鬼岩と呼ばれる岩があります」

エルフの戦士アイナムは言う。

「その下には洞窟《どうくつ》があり、そこによくゴブリンなどが住み着くのですが――」

「今はそのゴブリンを駆逐したオーガが住んでいる、というわけか」

「はい」

「――そしてそのオーガを操るのがカマクラ」

義経は苦々しく言い放つ。

いつもは闊達《かったつ》な義経の変貌ぶりに違和感を覚えたアイナムは尋ねる。

「あの、義経さんはなぜ、カマクラを憎悪するのです？」

「…………」

義経は沈黙する。

ただ、事情を伝えないわけにもいかないと思ったのだろう、俺に視線をやると発言の許可を求めた。無論、断る理由はなかった。

「……カマクラはおそらく、義経の兄だ」

「なんと⁉」

驚愕する戦士。

しかし、警戒はしなかった。人間は身内でも争うことを知っているようで、さらに義経がカマクラを憎んでいることも察知したようだ。

「我が兄、頼朝《よりとも》は平清盛《たいらのきよもり》に東国に追放されながら、以仁王《もちひとおう》の令旨《りょうじ》によって、挙兵した傑物だ。義経はそんな兄上の力になるべく、助力した」

「しかし、血を分けた兄弟ではあったが、魂までは分けていなかった」

俺が補足すると義経はうなずく。

「兄上は優秀な政治家であったが、それと同時に冷酷な人であった。平家《へいけ》打倒に成功すると、兄弟や忠臣たちを次々と粛正《しゅくせい》していった」

「狡兎《こうと》死《し》して走狗《そうく》烹《に》らる」

異世界のことわざを引用する。兎を狩り尽くしてしまえば、猟犬は必要ない、という意味の言葉だ。

頼朝は平家という敵を打倒したあと、己の権力を万全にせんがため、ライバルとなる兄弟や家臣を殺していったのだ。

義経は冷酷と言ったが、特別に珍しいことではない。覇者《はしゃ》たるものは全員、辿《たど》る道であった。

「義経に私心はなかった。父上の敵である平家の打倒と、一門の繁栄を願っていただけだ。ただ、兄上はそんな義経の心を理解してはくれなかった」

口惜しげに言うが、それ以上の説明はしなかった。異世界の古エルフに言っても詮無いことだと思ったのだろう。

ただ、アイナムは義経の悲哀と復讐《ふくしゅう》心を理解してくれた。カマクラは身内であるが敵であると理解し、以後、不審に思うようなことはなかった。

俺も同じ結論に至っていた。むしろ、余計な忖度《そんたく》をしてしまったことを恥じる。

義経は俺とエルフに感謝の気持ちを示すと、カマクラ討伐に意欲を燃やした。

源頼朝は若かりし頃、御曹司《おんぞうし》と呼ばれていた。

源氏の嫡流《ちゃくりゅう》であり、その若武者ぶりを嘱望《しょくぼう》されての呼称であったが、彼はその期待に応え、仇敵《きゅうてき》である平家を討伐し、武家の頂点、〝征夷大将軍《せいいたいしょうぐん》〟となる。

征夷大将軍となったあとは、覇業の地である鎌倉に拠点を築き、周囲のものからは〝鎌倉殿〟と呼ばれるようになった。

これは異世界の日本では珍しいことではない。

当時、日本はほぼ四つの姓しかなかったのだ。

いわゆる源平藤橘《げんぺいとうきつ》というやつで、源、平、藤原、橘《たちばな》の四大姓によって官職は独占されていた。しかしそうなると右も藤原、左も藤原という状況になり、区別ができなくなる。なので地方に在任した貴族たちは当地の名前を名乗るようになり、様々な姓が生まれたのだ。つまり三浦半島に在地した平氏は三浦氏を名乗り、伊達郡《だてぐん》に在地した藤原氏は伊達氏を名乗った、というわけである。

ちなみにこの風習は異世界でも残っていて、自分の身内は地名で呼ぶことが多い。葛飾区《かつしかく》に住んでいる叔母《おば》さんならば葛飾の叔母さん、と呼ぶのはこの名残りである。

話がずれたが、教科書にも載っているような偉人、源頼朝は当時、鎌倉殿、と呼ばれていた。

――そしておそらく、この異世界でもそのように呼ばれているのだろう。

だからオーガどもはカマクラと口にするのだ。

「さらにいえば、オーガどもがエルフをさらうのにも理由があるはず」

と続ける。

「カマクラという人物は悪鬼羅刹《あっきらせつ》なのでしょうか？　我らエルフをさらって喰らうなど」

エルフの戦士が当然の疑問を発するが、鎌倉殿の弟は否定する。

「兄は武人というよりも貴人です。みずから前線に立つことはなく、後方から優秀な部下に命を下していました」

「野蛮な人肉食の気はない、と」

「はい」

「まあ、武人だって好き好んで人肉など喰わないが。特に日本の武将は」

ちなみに中国の武人には人肉食の記述がある。それを美徳とする文化などもあるが、関係ないので割愛する。

「ならば話は簡単だ。おそらく、鎌倉殿はなにか儀式をしようとしているのだろう」

「儀式……」

「そうだ。エルフの血肉は貴重だ。ましてや古エルフ族の血肉はなによりも貴い」

「たしかに昔から我らをさらって邪教の生《い》け贄《にえ》にする邪悪な存在は多い」

「それを大規模に行っているのが、鎌倉殿なのだろうな」

「鬼岩洞窟に拠点を築いてまでなにを……」

「それは分からんが、邪悪な企《たくら》みであることには変わりない。阻止するだけだ」

そのように纏めると、鬼岩洞窟の側まで到着する。

アイナムはそこで歩みを止める。

警戒せよ、という意味と、以後の策を、ということだろう。

無論、無策に飛び込むつもりはないので、彼に説明をする。

「あの鬼の形をした洞窟には一〇〇匹ほどのオーガが住んでいるそうだな」

「はい。しかし、我らだけで一〇〇匹も倒せるでしょうか?」

「全部倒す必要はない。やつらをいぶし出して大将首を取るまで」

「そうそう都合良くいくでしょうか」

「いかせるのが俺の腕の見せ所。――というわけで準備を始めるが、枯れ枝と枯れ葉を集めてくれるかね?」

とアイナムに申し出る。

「枯れ木と枯れ葉?」

「焼き芋が食べたくなった」

と冗談めかすが、なにか秘策があると感じてくれたのだろう。不平も言わずに従ってくれる。

俺の知謀を知り尽くしていた義経もそれに従ってくれた。

一時間後、アイナムと義経は山のように枯れ木と枯れ葉を集めてくれた。

「すまない。時期が時期なので、青い葉も混じってしまった」

と謝る義経だが、問題ない。むしろ、都合が良かった。

「しかし、焼き芋をするのだとしたら、水分がある葉は邪魔だろう」

「本当に焼き芋などするわけないだろう。――いや、ついでにはするけど」

懐から芋を取り出すと、それを枝や葉っぱに混ぜる。

魔法で一塊《ひとかたまり》にすると、それを鬼岩洞窟の入り口に置いた。

着火する前に説明。

「洞窟での戦いはオーガが有利。やつらは夜目《よめ》が利くし、狭い洞窟になれている」

しかし、と続ける。

「やりようによってはこっちが有利になることもある」

ひとつ、と続ける。

「洞窟の入り口はひとつ。つまりあそこからしか出入りできない」

そのように言い放つと、枝と葉の塊を洞窟の中に放り込む。

「あそこからしか侵入できないってことは、あそこに火を放てば必ずやつらは気がつくってことだ」

そう言うと、俺は指をぱちんとはじく。

それと同時に《着火》の魔法が発動する。

枯れ枝と葉の塊に火が付くと、あっという間に燃え上がる。

その塊に軽く力を加えると、そのままころころと転がっていく。

真《ま》っ赤《か》に燃え上がった枯れ枝と葉が入り口から入っていく。

オーガたちは度肝を抜かれる。

計算通りだった。

「兵法の基本、相手の虚《きょ》を衝《つ》く」

俺がそのように言い放つと義経は称賛する。

「すごい！　木曽義仲《きそよしなか》の火牛《かぎゅう》の戦法のようだ」

「牛に松明《たいまつ》を括《くく》り付けて突撃させる戦法、火牛のことか。よくよく考えればたいした戦法じゃないんだが、実際やられると相当びびるよな」

「びびった兵士は弱い」

「そういうことだ」

事実、洞窟内にいたオーガたちは奇声を上げながら入り口に向かってきた。

「思い通りに動いてくれる」

醜いオーガたちを見下ろすと、洞窟の入り口に油を流す。

ドワーフが作った特製の油で、とても滑りやすい。

火の塊によって混乱したオーガたちは勢いよく滑り、転ぶ。

中には岩肌に頭をぶつけ、戦闘不能になるやつもいた。

一〇匹に一匹は転び、戦闘力を奪われていく。

「お見事！」

と義経は称賛すると、転ばず外に飛び出てきたオーガの首を刎《は》ね飛ばす。

それを見てさらにびびるオーガだが、さすがに戦鬼の異名を誇る化け物、戦意は失われない。

それは想定済みだったので、混乱している間になるべく多くのオーガを倒しておく。

ちなみにオーガが一斉に飛び出てきたのは、〝青い葉〟のおかげだった。枯れ葉だけでなく、青々とした落ち葉を混ぜることによって煙の量を増やしたのだ。

奴らをいぶり出し、燻製《くんせい》にしてやるのが俺の策のひとつなのだ。

狭い出口に一斉に集中することによって混雑を発生させ、遅延を生じさせ、各個撃破するのが俺の戦略だった。

その戦略は見事に成功し、混乱したオーガの各個撃破に成功する。

二〇匹ほどのオーガを討伐すると、彼らの戦意に変化の兆しが。

武器を捨て、逃亡するオーガも出始めたのだ。

戦鬼と呼ばれたオーガどもも無限の戦意を所有しているわけではない。

生き物である以上、勝てないと判断すれば逃げ出すくらいの知恵は持っていた。

これは勝ったかな、そのような感想を抱いたとき、戦場に変化が訪れる。

圧倒的な悪意と邪悪な気配を持つ影が現れたのだ。

そのものはこの世界のものではない格好をしていた。

奇妙な衣服と帽子を身に着けている。

エルフの戦士アイナムの目には奇異に映っているようだが、俺と義経は見慣れていた。

俺はあらゆる文献を読み込んでいるし、義経は〝実際〟に何度も見ているのだ。

烏帽子《えぼし》のような冠に、和を感じさせる官服を纏った武将がそこにいた。

武士というよりも公家《くげ》の雰囲気を纏っている。

涼やかな表情に切れ長の目。――ただ、その瞳からは情けの成分を感じられなかった。

日本の教科書と呼ばれる文献で何度も見た顔だった。

「……源頼朝」

彼の名前を発すると、その弟は、

「兄上……」

と言った。

源頼朝は背中に担《かつ》いでいた和弓を取り出すと、それを俺たちに向ける――ことはなく、逃亡するオーガの背に向けた。

彼は容赦なく味方であるはずのオーガを射貫《いぬ》いていく。

「ぐぎゃ」

猪の鳴き声かのような声が森に響き渡る。ひゅんひゅんと間断なく矢が流れる。

源頼朝は戦場の人ではなかったが、武家の棟梁《とうりょう》。弓の名手であるようだ。正確無比な一撃が何度も繰り出される。

次々と倒れる仲間を見て、オーガたちは自分の主が誰であるか思い出したようだ。

そしてその主が冷酷無比なことも。

ダークロードである俺よりも〝カマクラ〟のほうが恐ろしいと判断したオーガたちは、逃亡を諦め、再び俺に襲い掛かってくる。

それを見ていた俺は素直に称賛する。

「やるじゃないか。さすがは裸一貫から武家政権を立ち上げた男」

他者を支配する術、恐怖の有用さを熟知しているようだ。

俺には真似《まね》できないが、と思っていると、頼朝はこちらを睨《にら》み付《つ》け、口を開いた。

「その姿、ダークロードか」

「正解だ、鎌倉殿」

「弟を召喚し、使役しているということは愚者の国の王か」

「耳が早いな」

「弟が戦車の国の魔王の首を刎ねたという情報は届いている」

「おまえの弟はすごいな。その武勇は日《ひ》の本一《もといち》だ」

「かもしれない。しかし、そのものは少々扱いにくいぞ」

「承知の上だ。性格も良くて、いうことを聞く英雄など無能に決まっているからな」

「ふ……たしかに……」

自嘲《じちょう》気味に笑ったのは自身のことを思ってか、自分に牙を剝《む》いた弟のことを指しているのかは不明だった。

ただ、異世界で弟と出会っても反応が薄いのが気になった。

「泣いて再会を喜び合え、とは言わないが、もう少し驚いたらどうだ」

「驚きなどしない。この世界では我々の理は通用しない。死んだ父母と再会することもあれば、子孫と敵対することもある」

「分かっているじゃないか。――ただ、うちの義経はなにか言いたいようだぞ」

横で怒りに震えている義経に発言権を渡す。

すると義経は押さえていたものを解き放つ。

「兄上！　いや、頼朝！　ここで会ったが一〇〇年目だ！　平泉《ひらいずみ》での借り、返させてもらうぞ」

「平泉での借り？　私はおまえに恨まれる筋合いはないが」

義経の首を要求したのだ。

「黙れ！　泰衡《やすひら》殿をそそのかしたくせに！」

泰衡とは奥州藤原氏《おうしゅうふじわらし》の当主のこと。源頼朝は彼を脅し、当時奥州藤原氏の庇護下《ひごか》にいた義経の首を要求したのだ。

「あれはそそのかしたのではない。正当な要求をしただけ。そして泰衡はそれに応えた」

義経はぐぬぬと唇を嚙《か》みしめる。

「許さない！　我を殺しただけでなく、静《しずか》を殺したおまえを一生許さない」

静とは静御前《しずかごぜん》、つまり義経の愛妾《あいしょう》だ。源義経は白拍子《しらびょうし》であった静御前を寵愛《ちょうあい》したことで知られている。義経の死後、彼女の身柄は鎌倉に送られた。そこで敵である頼朝の前で舞を強要されたという。

その後、彼女は義経の子を身ごもっていることが発覚、女ならば尼《あま》にし、男ならば殺すと宣言されたという。静御前は男の子を産み、その子は海に沈められ、殺された。

静御前のその後は不明とされているが、義経は静御前が自害したと確信していた。義経が愛した女ならば、目の前で我が子が殺され、おめおめと生きているとは思えなかったのだ。

義経の確信は的を射ていたし、頼朝は真実を知っていたのだが、それには答えない。

やはり彼は武人というよりも〝政治家〟だった。

他人の心を忖度した上で、あらゆる非道をやってのける悪魔のような心を持っていた。

「人の上に立つものは人の心を持っていないというが、真実だな」

そのような感想を持つが、義経の怒りは収まらない。

実の兄を切りに掛かる。

前述した斬り、頼朝は武人というよりも政治家であった。武は弟の義経のほうが長《た》けている。

史実でも義経をはじめ、優秀な弟たちにいくさの指揮を任せていた。

頼朝は本拠地である東国の領国運営に精力を注《そそ》いでおり、平家打倒の実行は弟と家臣たちの功績だった。優秀な身内や部下を使いこなすのは有能な将の証であるが、この場においては役に立たない。

どんなに優秀な将でも個人的な武勇の前ではかすむことがあるのだ。

事実、源頼朝は弟の義経の首を刎ねるはずだった。

義経は圧倒的剣技で兄の首を刎ね、前世での借りを返すはずであったが、それはできなかった。

なぜならば弟と兄の前に巨大な影が立《た》ち塞《ふさ》がったからだ。

小山のように大きな影、その正体は巨大なオーガだった。

通常のものよりも三倍でかい個体。

いわゆる固有魔物《ユニーク・モンスター》と呼ばれる個体だった。

オーガの中でもひときわ強い個体、二つ名で呼ばれる存在だ。

そんな化け物が主を庇《かば》うため、義経の野太刀を右腕で受けたのだ。

彼（彼女？）の剛剣は軽々とオーガの首を飛ばしてきたが、二つ名付きのオーガの腕は飛ばすことは出来なかった。

巨木のような太さと強度を誇る筋肉は、鋼のように強靱だったからだ。

それもそのはず、このオーガの二つ名は『蒼き鋼の肉片』、である。

義経ほどの武人の一撃も撥ね除けるのだ。

「なかなかに厄介なのが出てきたな」

そのように口にすると、その間、頼朝は逃亡を始める。

自分が不利だと思えば躊躇《ちゅうちょ》することなく逃亡する様は、やはり武人というより政治家であった。ちなみに俺も本質的には武人ではないので彼の行動には納得がいく。

――納得はいくが、逃がしたくはない。

部下の敵であるということもあるが、この男からは常軌を逸したものを感じる。

ここで逃がせば厄介な敵になると直感したのだ。

ゆえに殺意全開で攻撃しようとしたのだが、それを見越していたやつはオーガの肉壁でそれを防ぐ。他の雑魚オーガどもを壁にし、逃亡する時間を稼いだのだ。

俺の放った禁呪魔法をオーガの壁で防ぐと、やつの姿は忽然《こつぜん》と消えていた。

あるいは襲撃前から逃亡ルートを定めていたのかもしれない。

圧倒的な手際の良さだった。

「……ち」

軽く舌打ちすると、義経に視線を移す。

逃がしたものは仕方ない。王としてできることは後悔することではなく、善後策を練ることだった。まずはこの場を制している化け物を殺し、考える時間を作るのが最善だと思ったのだ。

蒼き鋼の肉片はその恵体を武器とし、英雄義経と渡り合っていた。

義経の軽妙な剣技と名刀『薄緑』の連撃を耐えている。

ただ、すべてを防御することはできない。

義経の武勇は英雄の中でも上位、その攻撃をまともに受けられる魔物などそうそういなかった。

義経の野太刀は容赦なく突き刺さる。

これは援護不要かな、と思ったが、二つ名付きモンスターは甘くなかった。

名刀薄緑は蒼いオーガの胸を突き刺すが、やつはそれを狙っていたのだ。

野太刀が胸を突き刺した瞬間、己の筋肉を肥大化させる。

オーガは筋肉によって刀を鷲《わし》づかみにしたのだ。

脳筋にしかできない戦法であるが、柔の剣主体の技巧派である義経には効果てきめんだった。

「ぬ、抜けない」

両手に力を入れるが、刀が抜けずに難儀している。

その隙を縫ってオーガは頭突きを繰り出す。

強力な巨漢が繰り出す頭突きだ。まともに食らえば全身の骨が砕けてしまうだろう。

避けられぬと思った義経は死さえ覚悟したが、彼女（彼？）が死ぬことはなかった。

オーガの頭部が義経に届こうとした瞬間、やつの頭部を摑むものがいたからだ。

──まあ、俺なのだが。

俺の右手は真っ赤に燃え上がっていた。

オーガを殺せと轟《とどろ》き叫んでいた。

俺の右手はオーガの巨体を軽々と止める。

「ぐ、ぐあ⁉」

戸惑うオーガ。それはそうだ。己の身体の三分の一にも満たない小兵《こひょう》が自分を押さえつけるのだから。

「さて、このままおまえの頭部を破壊させてもらうが、その前に言い残したいことはあるかね？」

辞世《じせい》の句《く》でも詠ませてやろうかと思ったが、オーガは人の言葉を解しないようだ。

「ぐがー！」

オーガ語に造詣《ぞうけい》はなかったが、たぶん、黙れ、とでも言っているのだろう。そう思った俺は容赦なくオーガの頭部を砕いた。

暗黒の魔力が右手を伝わり、オーガの頭部に流れ込む。

そのままオーガの頭部は爆発するが、やつの脳漿《のうしょう》と血は想像したよりも綺麗《きれい》だった。

悪党ほど鮮血が綺麗、先代の魔王はそのようなことを言っていたが、それは真実かもしれない。そんなことを思いながら、義経に声を掛ける。

彼（彼女？）は俺の一連の動きに見惚《みと》れていたが、称賛する余裕はないようだ。

オーガの死に様を見る余裕もない。

先ほどまで兄がいた場所を呆然《ぼうぜん》と見つめていた。

「──まあ、無理もないか」

前世での因縁が深い兄と再会したのだから。

しかもその上、兄はこちらの世界でも弟を弟と思っていなかった。

こちらの世界でも機会があれば義経を容赦なく抹殺するだろう。

つまり前世での悪行を懲りていなかったのだ。

頼朝は機会があれば、この世界でも弟を殺すし、弟の愛するものも辱《はずかし》めるだろう。そのような異常さを感じているようだ。

「……いや、前世よりもさらに暗黒面に墜ちているかもな」

ある種の核心を持っている俺は、呆然と立ち尽くしている義経をそのままにし、鬼岩の洞窟に入る。焼け焦《こ》げた匂いがするのは俺が火をつけたせいだが、腐肉の匂いが充満しているのは〝悪魔〟のせいであった。

洞窟内は死体で溢れていた。

エルフたちの死体だ。

無残に殺され、ぼろぞうきんのように捨てられている。

四肢を切断され、腑分《ふわ》けされていた。

なにかしらの実験、――いや、儀式を行っていたように見える。

魔法陣の中心に置かれたエルフの心臓を見る。

その心臓は脈打っていた。

「……暗黒魔法の儀式を行っていたのか」

魔法陣を精査すると、暗黒魔法の秘術が使われていることに気がつく。

魔神を召喚し、禁断の力を得るための魔法陣のように見える。

まだ実験途中のように見えるが、完成間近でもあるようだ。

「……このようなことで力を得てもなにもならないのに」

そのように纏めると、洞窟に火を放つ。

跡形もなく魔法陣を消し去る。

暗黒の儀式は完成しつつあったので、今さらどうにもならないが、この光景を古エルフたちに見せる必要はなかった。

また、兄との再会で打ちひしがれている義経にも見せる必要はないだろう。

次、頼朝と再会するとき、やつは儀式を完成させ、得た力を使うだろうが、そのとき、このような悪事に手を染めたことを後悔させてやるつもりだった。

恨めしげに虚空《こくう》を見つめる古エルフの死体に祈りを捧《ささ》げながら、炎で焼いていく。

洞窟内が高温とガスに満たされる前に退去する。

鬼の顔をした洞窟の入り口から、黙々と巻き上がる煙。

鬼の口からは一週間にわたって煙が漏れ出たという。

†

オーガを駆逐した俺たちは古エルフの里に戻る。

意気揚々と、というわけにはいかなかったが、勝者として誇り高く凱旋《がいせん》をした。

するとあれほど俺を忌み嫌っていた里のものたちの反応が変化していた。

自警団の関係者以外も俺に声を掛けてくれたり、差し入れをしてくれるようになったのだ。

美しき古エルフたちの娘が、花冠を作ってくれたり、特製蜂蜜入りのクッキーなどを贈ってくれる。

村の脅威となっていたオーガを倒したことで信頼が得られたようだ。

これで里の長老と面会できるかな、と思ったが、その予想は当たる。

三日後、長老から使者が送られてきたのだ。

翌日の正午、世界樹の根元に来いとのことだった。

自警団のリーダーは驚く。

「面会だけではなく、世界樹の根元まで通されるとは、よほど信頼されてのことに違いない」

エルフの戦士アイナムも同意する。

「エルフ族以外のものが世界樹の根元に案内されるのは、数百年ぶりかもしれない」

とのことだった。

名誉なことらしいので、ありがたく訪問すると返答し、当日、スピカと共に推参する。

スピカは、

「わたしごときがお供していいのでしょうか？」

と尋ねてきた。

「君だからいいんだよ。世界樹の根元へはユニコーンに乗って赴《おもむ》かなければいけないらしい。ユニコーンは穢《けが》れない乙女しか乗れないんだ」

「お、お風呂に入ってぴかぴかにします」

とのことだが、スピカは穢れの意味をはき違えているようだ。穢れなき乙女とは処女のことなのである。一角獣と呼ばれる幻獣ユニコーンは極度の処女厨《ちゅう》で、未開通の乙女にしか心を許さないのである。自警団の中から乙女を選んでもよかったが、知り合ったばかりの女性の処女性を確かめるよりは、確実に処女な部下に乗馬を願い出たほうが堅実だった。

「こちらの世界も〝せくはら〟がうるさくなってきたしな」

そのように纏めると、ユニコーンの背にスピカを乗せ、その後ろから手綱を取る。

世界樹の周辺には強力な魔法が掛けられており、終始、霧に包まれている。

ユニコーンの背に乗らなければ迷ってしまう呪《のろ》いが掛けられているそうな。

それだけ世界樹は貴重というか、古エルフ族にとって大切なものなのだろう。

ユニコーンを用意してくれた女性いわく、我々がこの地に残っているのは、世界樹を守護するためなのです、と教えてくれた。

古エルフ族の存在理由そのものである世界樹。その雫は秘薬や霊薬の女王と呼ばれるほど薬効がある。世界樹の雫を使って農薬や肥料を作れば、植物の成長を早め、通常の三分の一で収穫できるようになるはずであった。

「世界樹の雫を分けて貰えば、愚者と戦車の国の食糧難は回避できるということですね」

「そういうことだ」

そのように纏めると、霧の奥から世界樹が見えてくる。

「わあ、大きな樹……」

スピカは素直に思ったことを口にする。

たしかに巨大な樹だった。愚者の城の物見櫓《ものみやぐら》よりも遥かに大きな樹がそこにあった。

「創造神がこの世界を創るよりも前にそこからあったともいわれる伝説の樹だ」

「樹齢何万年なんでしょうか」

「あるいは億かもしれん」

「おく？」

スピカはピンとこないようだ。億の単位を知らないようである。まあ、平民は億という単位を使うことはない。魔術師や天文学者くらいしか使わない単位だった。

「まあ、万の一万倍くらいだよ」

「す、すごい」

目をクラクラとさせるスピカ。

そのようなやりとりをしていると、ユニコーンの足が止まる。結界を抜けたようだ。

そこからは歩いて行けということだろう。素直に従うと、五分ほどで世界樹の根元に到着する。

根元にはひとりの古エルフがいた。

おそらく、長老であろうが、確信はない。

少なくともスピカは違うと思っているようで、

「――僕、長老さんを呼んできてくれませんか？」

と尋ねた。

僕、と言ったのは目の前にいるのが十歳くらいの少年だったからだが、俺はスピカとは違う思考を持っていた。なので深々と頭を下げる。

スピカはきょとんとしてしまうが、俺が、

「古エルフ族の長老とお見受けします。俺の名はフール。愚者の国の王です」

と名乗ると事態を察したようだ。

「え……、ええ～⁉」

どぎまぎと声を上げるスピカ。まさか齢数千歳の長老が少年の姿とは思わなかったのだろう。

しかし、おそらく、この少年こそ古エルフの長老だった。

根拠はその身に纏う黄金のオーラと、なにものにも侵されぬ気高き雰囲気。

たかが一〇歳の少年がこのような神気を纏えるとは思えない。

黄金色の気は、神々と共に戦った存在、あるいは神に最も近い存在である証拠であった。

そう察した俺であったが、それは正解であったらしく、少年は自己紹介をする。

「初めまして、愚者の国の王よ。それと可愛《かわい》らしい人間のメイドさん」

「こ、この方が長老さん……」

「かれこれ数千年長老をやっています」

「す、すみません、勘違いしちゃって」

「気にすることはない。人間の常識でははかれないのも無理はないから」

「さすがは神々に最も近いエルフ族の始祖です。度量が大きい」

長老を称賛すると、彼はにこりと微笑む。

その姿はどこからどうみても少年のそれであったが、俺は気を引き締める。

これからこの神にも等しいエルフに慈悲を請《こ》い、大切なものを分けてもらうのだ。

古エルフ族にとってはこの少年の言葉は絶対。まさしく神の声。つまりこの少年の機嫌を損ねた瞬間、俺の国は滅ぶのである。自然と気が引き締まるが、少年の発した言葉は意外なものだった。

「フール——だったね。君は世界樹の雫がほしいんだよね。いいよ、あげる」

「え……」

あまりにもあっさりな展開に驚く俺。猫《ねこ》の子でもくれるかのような態度に驚く。

「よろしいのでしょうか？　貴重な世界樹の雫をそのようにあっさり」

「世界樹の雫が悪党の手に渡れば大変なことになるが、君は悪党じゃないからね。問題ない」

「俺が悪党でないという証拠はあるのですか？」

「君は悪党なのかい？」

「違います」

俺が否定すると、長老はゆっくりとうなずき、次いでスピカを見る。

彼女に俺の人となりを聞きたいようだ。

「魔王様は悪党どころか正義の味方です」

スピカははっきりと言い放つ。

「だそうだ。ならば問題はないね」

「…………」

塩の貸し借りのような気軽さに面食らうが、くれるというものを断る理由はない。彼の気が変わる前に受け取る。少年は世界樹の葉から朝露《あさつゆ》を搾り取ると、それを小瓶《こびん》に入れ、渡してくれる。

「はい、どうぞ」

「ありがとうございます」

手を伸ばすが、小瓶を受け取る前に彼は言う。

「小瓶を渡す前にひとついいかい？」

「なんなりと」

「君は古エルフの里の脅威であるオーガを駆逐してくれた」

「はい」

「そのとき、鬼岩に潜む悪鬼と遭遇したようだけど、もしも次、再会したとき、どうするつもり？」

悪鬼とは源頼朝のことだろう。

悪魔のような儀式でエルフを殺したことについて、糾弾《きゅうだん》しているのだと思われた。

俺は迷うことなく、

「殺します」

と言った。

長老は、

「へえ、さすがは魔王だね」

と即答した。

感心する長老は、幼げな笑みさえ浮かべるが、その後発した質問は少年のそれではなかった。

「鬼岩の洞窟で同胞の死体を焼いたね。どんな気持ちで火を付けたの？」

「…………」

一瞬、返答を躊躇したのは、エルフ族が火葬を忌み嫌うことを知っていたからだ。

しかし、あの状況では燃やすしかなかった。

無残に陵辱《りょうじょく》され、拷問を受けた末に殺されたエルフの死体の山。それを古エルフのものに見せれば、彼らは激怒するだろう。さすればオーガに対する恨みがカマクラ、いや、源頼朝に転嫁する恐れがあった。

そうなれば平和を愛する古エルフ族とて、剣や弓を持って立ち上がるは必定《ひつじょう》であった。

俺は彼らが戦うところを見たくなかった。

数百年、いや、数千年にわたってこの森で平和を享受してきた民族を今さら戦いに駆り立てたくなかったのだ。

だから死体を焼き払ったのだが、このような説明をしても理解してくれるだろうか……。

――いや、無理だろうな。

そう思った俺は、わざと魔王めいた笑みを浮かべるとこう言い放った。

「腐臭が酷かったもので、〝消毒〟したまででございます」

疫病が発生したら、我が国にも被害が及びますゆえ、そのように結んだが、それを聞いた長老は表情ひとつ変えずにこう纏めた。

「君は優しい魔王だね。何千年も生きてきたけど、君のような魔王は初めてだ。君が世界を支配するかどうかは未知数だけど、この世界に変化をもたらすのは確実だろうね」

願わくは、と続けると、

「君と君の愛するものに幸福が訪れんことを――」

そのような言葉で締めくくった。

すべてを見透かしているような笑みを浮かべる長老。

俺は深々と頭を下げると、小瓶を受け取った。

長老の瞳を見ると、そこには女性が映っているような気がした。

一〇〇年前に俺が愛した女性が。

あるいは神にも等しい長老は、彼女のことも、俺が彼女を蘇《よみがえ》らせようとしていることも察しているのかもしれない。

そのような感想を抱いた。

第五章　決戦前夜

Dark lord of heroic rule

†

魔王一行が『時を忘れた森』に赴《おもむ》き、世界樹の雫《しずく》を求めていた頃、明智光秀《あけちみつひで》と二宮尊徳《にのみやそんとく》は戦車の国にいた。

新たな領土の視察と、農業指導という名目での旅を命じられていたのだ。

戦車の国の土壌はどのようになっているのか、どのような河川が流れているのか、おおよその田畑の面積、産業構造、農機具のレベルなども調べる。

本当は細かな検地もしたいが、支配したての領土の検地は御法度《ごはっと》である。

検地イコール納税額の決定でもあるからだ。

いつの時代も農民は自分の収入を過少に申告し、支配者は米粒一粒でも多く税収を上げようとするもの。どの時代、どの世界でも検地は嫌われるのだ。

だから正確な検地は統治が行き届いてからにすべきであった。

それまでは脱税されるのを覚悟で過少申告を受け入れるのが君主の器量というものであった。

「日本でも正確な検地ができるようになったのは、豊臣《とよとみ》の世になってからしいですしね」

世に言う太閤検地《たいこうけんち》を例に出す二宮尊徳。さすが博学であるが、光秀が沈黙していることにも気が付く。

（……そういえば光秀殿はその豊臣秀吉《ひでよし》に討《う》たれたのだったな）

ちと失言であったか、と反省する尊徳。

明智光秀は主君織田信長《おだのぶなが》に謀反《むほん》を起こしたあと、その家臣、羽柴《はしば》秀吉（のちの豊臣秀吉）に討たれた。

三日で天下を奪われた経緯のある男だった。

ゆえに秀吉の話題は御法度だと忖度《そんたく》したのだが、それは杞憂《きゆう》だったようだ。

二宮尊徳が気を遣っているのを察《さっ》した光秀は笑いながら言う。

「気にするでない。それがしが秀吉に討たれたのは自業自得だ。主殺しの罪はあがなわなければならない」

意外な言葉に驚く。

江戸時代を生きた二宮尊徳にとって明智光秀は逆臣の代名詞、信長を憎んでいるのかと思ったが、そうではないようだ。

「それがしが信長公に謀反を起こしたのは、信長公をお諫《いさ》めするため。大恩ある信長公を歴史上の悪人にしないがためじゃ」

明智光秀の瞳《ひとみ》に憎悪の成分は一切《いっさい》ない。むしろ畏敬の念が強い。

「信長公は日《ひ》の本《もと》の長い歴史を変えようとしていた。天子様を廃し、唐《から》に攻め込もうとしていた。それがしはそれを諫めるために弓矢を用いたまで」

（……なるほど、朝廷を廃そうとしていたのか）

もしも実現していれば日本の歴史は大いに変わっていたことだろう。

そのような感想を抱く。

しばし、老人の顔を観察する。

江戸時代以降、天下の謀反人と呼ばれ、忌み嫌われてきた男。

創作では颯爽《さっそう》とした若武者に描かれることが多いが、現実の光秀は老人であった。

事実彼は信長公よりも年上だ。「本能寺《ほんのうじ》の変《へん》」の頃は引退してもおかしくないほど老齢であった。

また、信長憎し、あるいは恐怖のあまり信長公を殺したというのが通説になっていた。

世間のイメージからは程遠い老臣に戸惑いながらも、尊徳は尋ねた。

「そういえば光秀さんは魔王様にずいぶん長くお仕えしているのですよね」

「左様じゃ」

誇らしげに言う。

「魔王様はどうですか？」

「どうとは?」

「君主としての器量です。かの信長公と比べて」

「難儀な質問をする小僧じゃの」

「答えにくいならば答えなくていいですが……」

「いや、答えよう。信長公は改革児であった。万事、古くさいものを嫌い、新しいものこそよいものとした」

「イメージ通りですね」

「古くさい因習が支配していたあの時代に、あのような先進的な考えを持つことができたこと自体、希有《けう》だったのだろう。ゆえにたったの二〇〇〇の兵で一〇倍の敵を跳ね返すことができた」

「『桶狭間《おけはざま》の戦い』ですね」

「うむ」

「古今《ここん》の名将ですね」

「じゃな、信長公に比肩するものはいない」

「では信長公のほうが上?」

「そうは言っていない。魔王殿もまた先進的なお方。この世界もまた因習に縛られているが、魔王殿はそれを無視し、異世界の考え方、あるいは自身の考えを分かりやすく部下に提示、国を良いほうに導く」

「たしかに」

「それでいて古いものを切り捨てるだけではない。温故知新、古きものでもよいものは温存される」

「ですね。魔王様は改革者であると同時に守護者でもある」

「うむ、そのような考え方を持っているからこそ、古エルフも引きつけるのだろう」

古エルフの説得に成功した情報は使《つか》い梟《ふくろう》によってすでに届いていた。

「本当に素晴らしい王です」

「ああ、心優しき魔王だ」

光秀はそのように断言すると、懐かしげに昔を語り出した。

「逆臣明智光秀、その悪名はこの異世界にまで響き渡っている。そのため、それがしはCランクの英雄なのにFランク以下と蔑《さげす》まれてきた」

「…………」

「それがしを召喚してしまった魔王たちは露骨に顔をしかめ、その場で手打ちにしようとしたものもいる。即追放が基本じゃったな」

「魔王様の前にも何回か召喚されたのですね」

「うむ。三回じゃ。魔王殿の前に三回、召喚され、三回とも追放された」

無念そうに語る明智光秀。

「……ご無念、お察しします」

「しかし、魔王殿は違った。愚者の王は違った」

葬式のような顔から一転、光秀は顔を輝かせる。

「それがしを召喚した魔王殿は言った。明智光秀を召喚できるとは幸先《さいさき》がいい。天下を取れるかもしれない、と、微笑《ほほえ》んでくださったのじゃ」

「そのときの笑顔、僕も思い浮かべることができます」

「魔王殿の笑顔は格別じゃ。わしはその笑顔のために働いておる」

光秀は断言する。たしかに老人の働きぶりはすさまじい。戦車の国に来てから野盗を倒すこと四回、共に国中を駆け巡ること数十里、とても老人とは思えない。

「実は魔王殿に召喚されたときも周りの武官文官どもにいい顔はされなかった」

「………………」

尊徳が沈黙したのはそのときの光景がありありと浮かんだからだ。あるいは自分もそのときの武官文官と同じ顔をしてしまっていたのかもしれない。戒《いまし》めなければ。

「逆臣、明智光秀などを臣下に加えてもなにひとつ利益《りえき》はない。魔王様も寝首をかかれますぞと、皆、口々に言ったそうじゃ」

光秀は無表情に語る。

「しかし、魔王殿は首を横に振ってくださった。明智光秀はそのような男ではない。俺《おれ》に大志がある限り、裏切ることはない。粉骨砕身、尽くしてくれる。と弁護してくださったのじゃ」

「事実ですね」

「……以来、それがしは魔王殿のために尽くしてきた。生きてきた。どのようなことがあってももう主君は裏切らない。なぜならば魔王殿から大志が失われることはないからじゃ。魔王殿は私欲のためではなく、民のため、この世界の安寧のために戦われる。それがしは死ぬまで魔王殿の覇業《はぎょう》を支えるのみ」

そのように断言すると、光秀は気恥ずかしげに笑った。

「それがしとしたことが、いらぬ昔話をしたわい」

と頭をかくと、会話を切り上げ、次の村に向かう。

これで戦車の国の視察は終わる。

さすれば愚者の国に戻り、魔王と合流する手はずとなっていた。

魔王は今頃《いまごろ》、持ち帰った世界樹の雫を霊薬の材料とし、魔法の肥料を作っているはず。

二宮尊徳はその霊薬を効率よく農地に撒《ま》く計算をした。

魔王が霊薬の作成に失敗するとは一切思っていなかった。

なにせ魔王フールは明智光秀やジャンヌ・ダルクなど一癖《ひとくせ》も二癖《くせ》もある英雄を従わせることができる器量を持った王なのだ。

失敗することなど有り得なかった。

†

「失敗した」

と俺はつぶやく。

と言っても俺が失敗したのは内政や外交ではなく、紅茶の淹れ具合だが。

その日はスピカが忙しく、他のメイドも忙《せわ》しなくしていたので、自分で紅茶を淹れることになったのだが、自分で淹れた紅茶はとても不味かった。

「適温で注《そそ》がず、蒸《む》らさないとこのように不味くなるのだな」

生来の怠惰によってささっと淹れた紅茶の不味いこと不味いこと。

渋みと苦みだけが強調された薬のような味がした。

一瞬、捨てるか迷ったが、この世界では紅茶は貴重品であった。

カフェインという覚醒《かくせい》物質も摂取できることだし、ミルクと砂糖を多めに入れて誤魔化《ごまか》す。

改めてスピカの希少性に思いをはせながら、俺は考え事をしていた。

義経《よしつね》の兄の顔が思い浮かぶ。

源　頼朝《みなもとのよりとも》、異世界の日本という国で鎌倉幕府《かまくらばくふ》を開いた英雄。

平清盛《たいらのきよもり》の政敵であった源義朝《みなもとのよしとも》の三男である。

父義朝は藤原信頼《ふじわらのぶより》と結託し、平治《へいじ》の乱《らん》を引き起こすと敗北し逃亡、尾張国《おわりのくに》で家臣に裏切られ、首を取られた。その息子である頼朝は処刑されるすんでのところで、清盛の継母、池禅尼《いけのぜんに》によって助命されたという経緯がある。

彼はそのまま東国に配流《はいる》され、慎ましやかな生活を送っていたが、三三歳のとき、転機が訪れる。皇子である以仁王《もちひとおう》が平家討伐《へいけとうばつ》の令旨《りょうじ》を下したのだ。

頼朝はそれに呼応し、平家打倒の兵を挙げるのだが、詳細は長くなるので割愛する。

ひとつだけ言えることは、源頼朝は配流人《るにん》という罪人のような立場から、日本を掌握する権力者になったということだ。

スタート地点が最悪というところに着目すれば、日本史史上、類を見ない。

彼ほどの不遇から天下取りを成功させたものはいない。強いて類似例を挙げるとすれば農民から天下人になった豊臣秀吉くらいだろうか。

他に比肩するような人物はいないのだ。

つまり源頼朝は歴史上比類ない英雄のひとりということだ。

そのような人物があの森でなにをしていたのだろうか。

俺は尖《とが》り気味のあごに手を当て、思考をめぐらす。

「……頼朝は合理的な人物だ。無意味に虐殺を重ねるような人物ではない」

彼は自分のために戦った兄弟を容赦なく殺した冷酷な男というイメージがあるが、虐殺を行ったという記録はない。平家の残党や政敵には容赦ない態度を見せたが、必要以上の人殺しはしないタイプに思われた。

「逆に言えば必要ならば人殺しも躊躇《ためら》わないタイプのようだが」

先日、森で対峙《たいじ》したときの顔を思い出す。

貴公子然としていたが、とても冷たい目をしていた。

さもありなん、彼はなんの罪もないエルフ族を殺していたのだから。あのあと死体を調べたが、なにか儀式のもののようなことをしていたことまでは突き止めた。

「……つまり、必要に駆られ、高貴なる古エルフ族を儀式の生《い》け贄《にえ》にしていたということか」

そのように結論を纏《まと》めるしかないが、そこまでは推察できたが、なにをしようとしているかまでは判明しなかった。

「これ以上、情報がないのに、考察しても無駄か」

ため息をつくと、先ほど淹れた紅茶に口を付ける。

「……まあいい。部下の情報によると頼朝は隣国、太陽の国の軍師をしているという。いつか再会することもあるだろう」

太陽の国には興味がある。心の中でそのように付け加えると、冷えた紅茶を飲み干し、渋面を作る。渋い顔をしたのは紅茶が不味かったからではない。

部下が報告をしにきたからだ。件《くだん》の太陽の国から使者がきたのである。

「……タイミングが良すぎるな」

頼朝の蛮行を阻止し、城に到着してから数日も経《た》っていない。

なにか裏があると見ていいだろう。

しかし、なにか裏があるからといって大国からの使者を追い返すことはできなかった。

部下に使者一行をもてなすように命じると、謁見《えっけん》の間へと向かった。

†

太陽の国が送った使者は源頼朝の部下であった。

先日、時を忘れた森で出会ったダークロード・フール、思わぬ場所での出会いであったが、出会った瞬間、頼朝はフールの非凡さを見抜いた。

只者ではない、と直感したのだ。

底知れぬ魔力、洗練された武術、それらも素晴らしかったが、それ以上にその内側から溢《あふ》れ出る才能を恐ろしく感じた。

鋭利なナイフのように切れる頭、無限に湧《わ》き出《で》る知謀、それに人徳もある。

魔王のくせに古代の聖王のような威徳が溢れ出ているのだ。

頼朝自身も一国の支配者まで上り詰めたカリスマであるが、フールからは自分以上のカリスマ性を感じた。

一目その姿を見た瞬間から、

「一刻も早く殺さねばならない」

と思うようになった。

なぜならば頼朝はこの世界を統《す》べるつもりだったからだ。

フールという男はその際、必ず障壁となる男であった。

頼朝は今は太陽のダークロードの軍師をしているが、それで収まるつもりはなかった。他人の風下に立つつもりはないのだ。

他人の風下に立つということは他人に生殺与奪の権を預けるのと一緒、頼朝はそう思っていた。幼き頃、頼朝は父を殺され、東国の不毛な地に流された。そこで罪人として扱われ、不遇《ふぐう》を託《かこ》ったのだ。そのとき知ったのは、弱きものは強きものになにをされても仕方ないということであった。

父や一族の庇護《ひご》を失った頼朝に対する世間の風は冷たかった。周囲のものは罪人のように頼朝を扱った。いや、畜生以下として扱ったといってもいいだろう。

頼朝は伊豆で妻を娶《めと》り、子を成したのだが、その子は殺された。母親ごとだ。平家に逆らった謀反人の子を身籠《みご》もるなどとんでもないとされたのだ。しかも妻と我が子を殺したのが、その妻の父親なのだから救われない。

以後も頼朝は虫けらのように扱われた。そのとき得た教訓が絶対強者たれ！　というものであった。藤原摂関家《ふじわらせっかんけ》の犬として生きた父と祖父のようになるな。上皇の走狗《そうく》となって権力を握った清盛のようにもなるな、と自分を戒めてきたのだ。

頼朝はそのような信念を抱き、流人の身から兵を起こし、天下を掌握した。

その苦労は筆舌に尽《つ》くし難《がた》かったが、多くのことを学べたと思う。

他人を信用するな、自分以外は皆、敵。頼朝はその真理に至り、それを徹底することで天下を得たのだ。この異世界でもその教訓を忠実に実行し、再度天下を狙《ねら》いたかった。

自身の欲望のためではない。自身が生き残るための生存戦略であった。

頼朝はこの異世界でも生き残りたかった。

安寧を得たかったのだ。

そのためには魔王になど従っていられなかった。

自身が〝魔王〟を超える存在とならなければいけないと思っていた。

魔王を超え、すべての魔王を駆逐する存在にならねばならない。

愚者の魔王も太陽の魔王も殺さねばならなかった。

そのために頼朝は策略を巡らせる。

頼朝の視線は部屋の端にうずたかく積まれた臓物に移る。

この世で最も高貴な一族と謳《うた》われた古エルフ族の臓物、これを生け贄に捧《ささ》げれば頼朝は完全な邪悪として目覚めることができる。

頼朝をこの世界に呼び出し、使役している魔王を超えることができるのだ。

頼朝は古エルフの臓物を魔法陣の中央に捧げると、暗黒神の司祭どもに邪悪な祝詞《しゅくし》を唱えさせた。邪悪な祝詞を唱えるたびに古エルフの臓物はびくびくと脈打つ。臓物を取り出したときのように悲鳴を漏《も》らす。

世にも恐ろしい光景が眼下に広がるが、頼朝はそれを他人事《ひとごと》のように見下ろしながら、自身に邪悪な力が満たされるのを待った。

第六章 決戦

Dark lord of heroic rule

†

太陽の国からやってきた使者の口上を要約すると、国交の樹立と軍事同盟を求めているとのことだった。

太陽の国と交易を行い、不戦の誓いを立てる。互いに窮地のときは兵を送り合う条項もある。

太陽の国はカルディアス大陸中央部の大国だ。その申し出は有り難《あがた》いところであった。

即座に条約を結ぶ――と言いたいところであるが、即答を避け、いったん、使者には国に帰ってもらった。使者は、重大な事案でありますぞ、と念を押すが、それゆえに即答できないことも承知していたようで、素直に帰っていく。

俺《おれ》は使者を城の門まで送り届けると、武官文官を招集した。

太陽の国との軍事同盟の可否を審議する会議を開いたのだ。

彼らが一堂に会すると、即座に反対意見が続出した。

太陽の国は謀《はかりごと》が多い国、信用ならない。

特に軍師源頼朝《みなもとのよりとも》は信用がおけない人物。

先日も月の国に対し、宣戦布告なしに戦争を始めた。

さらに歴史を遡《さかのぼ》れば二〇〇年前、中央諸侯の魔王《ダークロード》たちが連盟を組んで会戦を行ったとき、太陽の国は土壇場《どたんば》で裏切り、敗戦の原因を作った。

さらに返す刀で愚者の国に侵攻し、略奪を働いたことも話す。

先代より仕えし老臣が震えながら力説すると、新参古参を含め、半数の部下は同盟反対を唱えた。どうせ反故《ほご》にされる。また欺《あざむ》かれると言うのだ。

一方、賛成派もいる。

太陽の国は愚者の国の倍の国力を持つ大国。軍事的対立は避けたい、というものであった。

一〇〇年の雌伏《しふく》と先日の勝利で国力が飛躍した愚者の王国であるが、まだまだ大国には敵《かな》わないというのが彼らの主張だ。

どちらの意見も正しいが、現時点で俺の気持ちが太陽の国との同盟に傾いていることを告げると、とある文官が不審の念を表明した。

優秀な官僚である彼は、俺が私情に駆られて国政を壟断《ろうだん》しているのでは、と言う。

その言葉に軍師ジャンヌ・ダルクが激高する。

「そこになおれ、文官風情《ふぜい》が！」

と剣を取り出そうとするが、俺はそれを止める。

「なぜ止めるのです。この痴《し》れものを斬《き》らねば」

「俺を独裁者にするつもりか」

「そのような意図はありません」

「ならば剣を収めろ。愚者の国では言論の自由が保障されている。士大夫《したいふ》が言論によって処罰されることなどはあってはならない」

「……っく」

そこまでおっしゃるのならば、と引くジャンヌであったが、文官を睨《にら》み付《つ》ける姿勢は変わらない。次何か言えば斬るという殺意を送っている。

困ったものであるが、その文官も気骨があり、臆《おく》することなく、諫言《かんげん》してくる。

「物言いが無礼なのは許していただきたい。ただ、根拠があっての言葉なのです」

そのように続ける。

「我が陣営では愚者の国の王が一〇〇年前に変わられた、というのは常識です」

「………………」

沈黙したのは事実だったからだ。家臣たちに茶を配るスピカの手が止まったのは、彼女が詳細を知っているからに他ならない。

「臣下が主の心に触れるのは分をわきまえぬ行為ですが、一〇〇年前になにがあったかお聞かせ願えますか？」

「……なにもない。ただ、この世のありように疑問を感じただけだ」

「ほう、私が側聞するところによると、そのとき愛する女性を失った、と聞きますが」

「それも事実だ」

正直に答えたのは部下たちに隠し事をしたくなかったからだ。

「正直な主を持てて幸せです。しかしその愛するもののため、太陽の国と結ぶというのならば看過できません」

「無礼な！」

ジャンヌは再び激高するが。再びそれを制す。

極力、冷静な声を作りながら否定する。

文官は己《おのれ》の憶測を述べる。

「太陽の国の魔王は太陽のアルカナを持つ魔王。太陽が象徴するのは日の出、生命、復活。太陽は年に三六五回、生まれ変わります」

「再生の象徴。つまり、死者を復活させる力を持っているかもしれない、ということか」

「左様」

「俺がその力を借り受け、愛する大聖女を復活させようとしていると？」

「憚《はばか》りながらそのように思えます。なぜならば太陽の国は我が国にとって不倶戴天《ふぐたいてん》の敵」

「それと同時に国境を接する大国だ。結ばねばならない」

「同じ大国ならば隣の月の国でもいいはず」

「……だな」

認めたのはその通りだったからだ。月の国とは太陽の国の隣国で、これまたカルディアス大陸中央部の大国だった。その国力は太陽の国と同等であった。過去の歴史、国民感情を考えれば、こちらと結ぶのが正当に思われる。

ゆえに俺が太陽の国と結ぶのに反対なのだろう。

私情といわれても仕方ないのにはもうひとつ理由がある。先ほどであるが、その月の国から使者が来たのだ。使者の口上によれば月の国もまた軍事同盟を望んでいた。これで、相手にその気がないという言い訳は使えない。

──もとより使う気もないが。

俺は文官の言葉の正しさを認めた上、このように言い放つ。

「俺はこの国の王だ。臣下ならば俺が良いと思ったほうに従え。それが間違っていたとしてもだ」

そのような論法のもと、それ以上の議論を封殺した。

俺に諫言した文官はすべての役職を解いた上、左遷《させん》した。

その苛烈《かれつ》にして独断的な態度に、家臣たちは驚嘆する。

新たに加わった家臣はともかく、古来より愚者の国に仕えていた家臣たちは、俺が愚劣ではないと知っていたからだ。

しかし、国を想《おも》う臣下の言葉を封じ、遠ざけるその様はどこからどう見ても愚劣だった。暗君の雰囲気さえ漂っている。

その姿に言葉を失う家臣たちだが、それでも勇気を失わないものもいる。

老臣明智光秀《あけちみつひで》である。

彼は気骨溢《あふ》れる表情で言い放つ。

「それがしは魔王殿に拾っていただいた恩がある。だからこそ魔王殿の間違った選択を看過できない」

「ほう」

俺は冷酷な瞳《ひとみ》で見つめ返す。

「主が間違えばそれを正すのが家臣の務め」

「なるほど、明智光秀らしい」

彼は本能寺《ほんのうじ》において主君織田信長《おだのぶなが》を討《う》った。信長が増長し、朝廷を廃そうとしたのを諫《いさ》めるため、あるいは「唐入《からい》り」と呼ばれる海外侵略を止めようとしたとの説もある。武力によって主の行動を正そうとしたのだ。

この異世界でもそれを繰り返すか、と尋ねると、明智光秀は断腸の思いでうなずく。

それを聞いたジャンヌは激怒する。

「おのれ、キンカ頭の老いぼれめ！　何年、フール様の禄を食《は》んでいるのか！　犬でも恩を忘れぬというのに！　やはり貴様は逆臣だ！　生まれついての反逆者だ！」

最大級の侮辱をするが、光秀は気丈に睨み返すと言った。

「なんと言われようとも主の間違いは正さねば。――武力を使ってでも」

そのように言い放つと、会議の間は一触即発になる。ジャンヌは会議の間に潜ませている近衛《このえ》兵を使って明智光秀を討《と》ち取る命令を下そうとするが、事態を収めたのは源《みなもとのよしつね》義経だった。

彼（彼女?）は背中の野太刀《のだち》を取り出すと、

「身内が争う姿など見とうない！」

と叫び、会議の間のテーブルを一刀両断してしまった。

それを見て呆然《ぼうぜん》としている家臣たちに彼女（彼?）は言い放つ。

「義経は兄上を信じていない。だからやつを信用するな！　としかいえない。だが、これは国事、国事ならば私情は挟まないものだ」

きっと俺を見つめるが、その瞳は「あなたも同じはずだ」と言っているような気がした。

「義経は先ほどの文官の言葉を信じない。フール殿が私事のために国政を壟断するとは思えないのだ」

「…………」

「なぜならばフール殿は優しい魔王だからだ。この世界に召喚されて以来、フール殿の政治を間近で見てきたがその徳は国土にあまねく行き渡っている。この国の税金のいかに安いことか。この国の国民がどれほど幸せなことか。その善政は比類ない。あるいはそのような魔王が挟む私情ならばきっとこの世を、いや、この世界をより良いものにするに違いない。そう思っている」

だから義経は魔王を支持する、そのように言い放つが、あるいはその言葉は自身を奮《ふる》い立たせるためなのかもしれない。不倶戴天の敵である兄が所属する国と結ぶため、己の〝私情〟を殺すための発言なのかもしれなかった。

俺は義経が一廉《ひとかど》の武者であり、一流の武将であることを改めて喜んだ。

ただ、それでも文官への厳罰は取り消さず、光秀の諫言も無視するが。

太陽の国と軍事同盟を結ぶことに反対しているものは等しく反発したが、光秀に与《くみ》するものは多くなかった。元から彼は裏切りものと嫌われていたのだ。

それに対して憤慨した光秀は、自分の手勢と僅《わず》かに同心するものを集め、出奔してしまった。

それを確認した家臣たちは、それ見たことか、やはりやつは裏切り者だ、と言った。残りの家臣たちは憤慨し、討伐《とうばつ》軍を差し向けるように主張したが、俺は冷静に返した。

「織田信長公が討たれたのはたったの五〇の手勢しか持たずに本能寺に滞在したからだ。だが、俺は違う。常に近衛兵をおいているし、自身が一騎当千の猛者《もさ》だ」

本能寺の変は再現させんよ、と言い放ち、以後、明智光秀に関《かか》わらぬよう布告を出した。

このように愚者の城は大荒れに荒れていた。

それを確認するのは義経の兄〝頼朝〟が放った〝草〟。先日の使者一行に交じって入り込んだ間者《スパイ》は密《ひそ》かにほくそ笑む。

「頼朝殿のおっしゃった通りになった。軍事同盟を提案しただけで大荒れだ」

さすがは太陽の国一の知謀の持ち主、日本一の大天狗《おおてんぐ》と呼ばれた後白河法皇《ごしらかわほうおう》と権謀を競い合った名将だ、と褒《ほ》め称《たた》えた。

このままいけば確実にこの国は崩壊する。そしてそのとき、太陽の国の領土は大幅に増えることになろう。


そのような確信を抱いたが、間者は頼朝の真意も俺の秘策も知らない。

頼朝が太陽のダークロードに叛意《はんい》を抱き、俺が二重三重にも秘策を巡らしていることなど、想像の範囲外のことであった。

†

太陽の国と愚者の国が同盟を結ぶ、そのことが発表された瞬間、カルディアス大陸に激震が走った。

あの太陽の国が弱小国家である愚者の国と対等な軍事同盟を結ぶなど、信じられない。

他のダークロードたちはそのように唸《うな》った。

太陽のダークロードは自尊心が高く、弱者を見下す癖《くせ》があったのだ。なぜそのような人物が愚者と同盟など、と魔王たちは疑問に思ったはずだ。

その問いに答える義務はなかったし、この場にもいないので伝わらないだろうが、俺はひとり、理由を述べる。

己の考えを改めて言語化し、まとめておきたかったのだ。

「ひとつ、太陽の国は強国に囲まれている」

たしかに太陽の国はカルディアス大陸中央部の大国ではあるが、中央には同等の規模の国がひしめいていた。隣国の月の王国はもちろん、その他、東西南北にも様々な国がひしめいていた。

「ふたつ、我が愚者の国が日の出の勢いであること」

愚者の国は数ヶ月前までは大陸最弱の国家のひとつであったが、今やその国勢は飛ぶ鳥を落とす勢い。
一〇〇年の雌伏で貯《た》めた国力と、戦車の魔王の国を併合して得た国土を合わせれば準強国といってても差し支えないほどであった。

「要は太陽の国は我らを無視できぬということだな」

太陽の国は大国であるが、敵も多い。その中でも月の国と特に仲が悪く、我が国と争っている間に横腹を突かれたら大変なことになる。今までは中央部の三人衆の動きを注視しておけばよかったが、そこに新興勢力である俺が現れたわけだから、決断をせずにはいられなかったのだ。

「つまり我らと戦うか、あるいは盟約を結ぶか、ふたつしか選択肢が残されていなかったのだ。やつらは〝表面上〟は後者を選んだ、それだけのことともいえる」

そのようにまとめると、メイドのスピカは紅茶を注《そそ》ぎながら、
「さすがです、魔王様」

と称賛してくれた。

「さすがなのはスピカの紅茶の注ぎ方だ。俺なんかより立派だよ」

「そんなことは……」

互いに謙遜《けんそん》するが、どちらも本心だ。少なくとも俺は他人を欺く謀略が上手なだけで、他人を笑顔にする術を知らなかった。スピカのように美味《うま》い紅茶を注ぎ、美味《おい》しい焼き菓子を添え、他人を笑顔にするほうが何倍も立派だと思っていた。

いくら言ってもスピカは同意も理解もしてくれそうになかったのでおとなしく美味しい紅茶を堪能していると、スピカが尋ねてくる。

「あの、魔王様のお話を横から聞かせていただいたのですが……」

そのような前置きをした上、申し訳なさそうに口を開く。

「太陽の国がこの国と同盟を結ぶ理由は分かりました。それしか選択肢がなかったのですね」

「そういうこと」

「恐れながらお尋ねしますが、それではこの国にはなにかメリットがあるのでしょうか？」

「メリット？」

訝《いぶか》しげに尋ねてしまったのは、スピカらしからぬ言葉だと思ったのだ。彼女は「は、はわわわ」と慌てながら補足する。

「い、いいえ、先日、ジャンヌ様が他の武官さまと喧嘩《けんか》をしていたもので」

「ほう、どのように争っていたのだ？」

「武官さまは、太陽の国と盟約を結ぶ利などない、やつらは必ず我が国に仇《あだ》なす、とおっしゃっていました」

「ジャンヌは、そんなことはない、俺の選択は常に正しい、と主張したわけだ」

「はい」

「まあ、武官の心配ももっともだ。太陽の国は謀略の国。何度も周辺諸国を欺き、この国にも害をもたらしてきた」

だからこそ大国になれたのだろうが、と小さく補足する。

「無論、やつらが信用ならないことは俺が一番よく知っている。元々、約束を守るという概念のない国だ。それに太陽の国の軍師は源頼朝。やつにとって約束など道の馬糞《ばふん》ほどの価値もない」

ならばどうして同盟など？　とスピカは心底不思議そうな顔をしたが、言葉にはしなかった。これ以上の忖度《そんたく》はメイドの道に反すると思ったのだろう。

メイドの仕事は政治に口を出すことではなく、主人に快適な生活をもたらすことである。スピカはその役割を熟知しており、完璧《かんぺき》にこなしていた。

なのでスピカは黙ってくれた。その心情がありありと分かった俺も沈黙し、心地よい時間を楽しむ。

たおやかに微笑《ほほえ》む美しきメイドと、彼女が淹れた香気あふれる紅茶。どちらも俺に最高の幸せをもたらしてくれたが、至福の時間はごくわずかだった。

心地よい静寂を打ち破るのが、愚者の国の軍師だった。

彼女は「大変です」と血相を変えて飛び込んでくる。

俺は、

「この世界で慌てていいのは、母親が危篤のときと、トイレの尻《しり》拭き紙が切れたときだけだ」

どちらでもないのだろう？　と冷静に諭すが、ジャンヌは「もうひとつあります」と断言した。

それは、

「月の国が宣戦布告してきたときです」

と言い放つ。

「なるほど、それは厄介だな」

と軽《かろ》やかに返答すると、ジャンヌは、

「なにを悠長なことを。太陽の国と並ぶ大国が宣戦布告してきたのですよ。すでに月の国は国境線に大軍を展開しています」

と報告した。

「数は？」

「おおよそ二〇〇〇〇」

「さすがはフール様です――と言いたいところですが、二〇〇〇〇は大軍です。我が国は大きくなったとはいえ、どんなに頑張っても八〇〇〇兵しか動員できません」

「わかっている。戦車の国を併合して間もないしな」

「どうされます？　迎撃されますか？」

「もちろんだとも。直ちに〝半軍〟を国境線上に向かわせる」

「はんぐん？」

きょとんとするジャンヌ。

「俺の造語だ。半分だけってこと」

「いえ、それは分かりますが、全軍ではないのですか？　半分ですと四〇〇〇になります」

「ああ、四〇〇〇でいいんだ」

「な！」

一瞬絶句するが、ジャンヌは俺の部下の中でも一番の忠臣であり、俺のことを最も高く評価してくれている将官でもあった。

にやり、と含み笑いを漏《も》らすと言った。

「……分かりました。天下無双のフール様のこと、私如《ごと》きでは分からぬ深慮遠謀があるのでしょう」

「意外と少ないな」

「まあな」

「ならば臣としては主君の言葉を信じるだけ。〝半軍〟のみ、出立の準備をさせます」

「ありがとう」

そのように返すと、ジャンヌは執務室から出て行った。

——いや、一〇秒後、扉からひょこっと顔だけ出す。

「あの、景気づけに一発どうですか?」

とのことであったが、丁重にお断りすると、出立を急がせた。

彼女は「ちぇ」と不満を漏らすが、以後、遅延することなく軍務に励んでくれた。

†

月の国が宣戦を布告してきたのは、明らかに太陽の国のせいであった。

月の国と太陽の国は互いに仲が悪く、不倶戴天の敵同士なのである。

どちらか一方と手を結べばどちらかは敵に回ることは想定済みであった。

それでも太陽の国を選んだのは、太陽の国のほうがやや国力が大きいこと、また、国境線が長いことであった。

合理的な判断で盟約を結んだつもりだが、武官文官たちのうち幾人かは不満を持っているようだ。

「フール様は本当に私情を交《まじ》えずに友好国を選んだのだろうか」

そのような噂《うわさ》が依然として、駆け巡っていた。

軍師ジャンヌは歯ぎしりする思いでその噂の出所を探そうとするが、なかなか噂の源泉を探すことはできないようだ。

「く、申し訳ありません。この上は私を亀甲縛《きっこうしば》りをした上で、辱《はずかし》めを与えてください。さ、どうぞ！　お早く！　厳しく私を叱《しか》ってください！」

とのことであったが、彼女へのご褒美《ほうび》となってしまうので無視して、代わりに命令を下した。

「月の国が国境沿いに軍隊を展開している。その数は二〇〇〇〇だそうだな」

「はい。大軍です」

「まともにやりあったら敵わないから、国境線の砦《とりで》に立て籠《こ》もる。その間、太陽の国に使者を出し、援軍を求めてくれ」

「分かりました」

即座に動き始めたのは火急の事態だと分かっているからだろう。ただ、なにかしら不安げな様子は見せていた。彼女が言いたいことは源義経が代弁してくれた。

ジャンヌと入れ替わるかのように執務室にやってきた義経は、開口一番に言った。

「太陽の国を、いや、兄上を信用してはいけない」

と。

彼女（彼？）の兄は源頼朝、兄弟にして不倶戴天の敵同士という関係性を持っていた。

義経は勲功《くんこう》を立てたにもかかわらず（いや、立てたからこそ）兄に疎《うと》まれ、追討《ついとう》を受けたという経緯があった。このような進言をするのは当然であったが、俺はそれでも彼女の進言を撥《は》ね除《の》ける。

「たしかに太陽の国もその軍師も信用がならない連中だ。しかし、だからといって月の国が信用できる連中かといえばそうではない」

「……たしかにそれはそうだが」

「感情論になってしまうのだよ。国事だから私情は消さなければならない」

「しかし、他の武官文官たちはこの件、魔王殿の私事だと言っているものがいるぞ」

「いるな。先日、左遷した文官と同様の意見の持ち主が多い。なんでも俺が一〇〇年前に失った恋人を復活させるため、太陽の国に伝わる〝死者再生〟の法を得ようとしていると」

「ああ、まさかそんなことのために国政を壟断するとは思えないが」

「ほう、そう思うか。たしかに君は軍議でも俺を庇《かば》ってくれた」

「ああ、義経は魔王殿の義心を知っているからな」

「ありがたい。ならば正直に話すが、俺は一〇〇年前に失った愛するものを復活させようと思っている」

「な……」

俺の台詞《せりふ》で言葉を失う義経。

「噂は誠なのか」

「〝半分〟だけな」

俺は淡々と認める。

「俺は愛する人を蘇《よみがえ》らせるため、生きながらえている。国を率いているのも、あの娘が復活を果たしたとき、彼女が幸せに暮らせる世界にしておきたいからだ」

「…………」

「つまり、俺が国力を高めるのも、戦争を引き起こすのも、カルディアスを統一しようとしているのも、全部〝私事〟だ」

「…………」

そのように断言すると義経はしばし言葉を失うが、慎重に言葉を選びながら己の内心を伝える。

「……私事か。いいではないか。魔王殿の私事は良い私事だ。少なくとも強欲と表裏一体の野心ではない。源泉が色恋なだけで、過程と結果はなによりも清廉で、民の利益《りえき》と合致《がっち》する」

「つまり、変わらぬ忠誠を発揮してくれる、と」

「ああ、どのようなことがあっても義経だけは魔王殿を裏切らない」

たしかな決意を込めて言い放つ義経。もはや雌雄の区別など馬鹿《ばか》らしくなるくらいに勇ましく、凜々《りり》しい表情をしていた。

俺は改めて彼女（彼？）の忠義心に感謝すると、最後にこのように言い放つ。

「これから俺とこの国に試練が訪れる。俺が招き込んだ試練だ。しかし、俺はそれを乗り越えられると思っている。なぜならば俺には優秀な家臣がいるからだ。一途《いちず》に俺を愛する軍師ジャンヌ・ダルク、私情を捨て国のために尽くしてくれる源義経、農業のことを知り尽くした農政官二宮尊徳《にのみやそんとく》──、その他きら星のような人材が若輩な俺を支えてくれる」

その言葉を聞き、感じ入ってくれる義経だが、納得いかない表情も見せる。

おそらく、出奔した明智光秀のことを思い出しているのだろう。

馬鹿な男だ、魔王殿を信じられないとは、と思っているようだ。

俺自身はなんとも思っていないし、義経には黙っている事情もあるのだが、武人である義経に詳細を話す必要はなかった。彼女の武人としての才能を発揮させるため、軍の編制を急ぐ。

ジャンヌに命令した通り、八〇〇〇の兵のうち半数を愚者の城に残すと、俺はもう半分を率いて月の国の国境へ向かわせた。

なぜ、兵を半分城に残しているか、それは単純なことだった。

今現在、俺は太陽の国に援軍を申し込んでいるが、彼らの道徳的評価が著しく低かったからだ。

有り体にいえば俺は彼らが援軍として現れるとは思っていなかった。

それどころか、この機に乗じて兵を差し向けてくると思っていた。

そのことを話すと義経は同意してくれた。兄ならば必ずそうすると断言する。

ゆえに太陽の国に備えるのだ。義経に城に残した四〇〇〇を率いさせ、俺の〝秘策〟を託す。

その秘策を聞いた義経は目を丸くし、驚く。

「魔王殿の知謀は古の張良《ちょうりょう》、孫子《そんし》に勝る」

そのような言葉で称賛し、作戦が成功をするよう尽力すると誓ってくれた。

†

フールと義経のやりとりは「信」と「義」が満ちた連携であったが、それとは逆に「悪」と「欺」に満ちたやり取りをしている主従がいた。

太陽の国の主と軍師である。

太陽のダークロード、エルラインと源頼朝だ。

エルラインは太陽のアルカナを持つ魔王であったが、その象徴とは真逆で、陰険で策謀多く、腐りきった性格をしていた。部下を信じないことこの上なく、自身と一族のもの以外を消耗品のように扱っていた。

ただ、さすが中央の大国と呼ばれるだけはあり、英雄級の将官の使い方はわきまえていた。

滅亡した中央三人衆のように人間を必要以上に差別したりはせず、能力あるものは登用し、優遇をしていた。

源頼朝もその中のひとりだ。

Aランクの英雄である頼朝をそれなりに優遇し、所領と俸給、情報を与えていた。本来、魔族が務めるはずの軍師の役職も与えていたのだ。

エルラインは頼朝の頭の回転の速さと冷酷さを評価していたのだ。

ただ、同時に警戒もしていた。

頼朝を召喚したとき、その冷酷な瞳を見て恐怖を覚えたのだ。

「涼やかを通り越して氷の目を持っている」

必要とあれば平然と主も殺す。そう直感したエルラインは対策を講じた。

頼朝の身体に蟲《むし》を埋め込んだのだ。

魔界の蟲、禍々《まがまが》しい妖蟲を心臓の真横に埋め込み、裏切れば心臓を一刺しするように命じたのである。

蟲を身体に埋められるのは地獄のような責め苦であったが、頼朝は平然とそれを受け入れた。

それがまたエルラインの恐怖をあおった。

「源頼朝は猛禽《もうきん》だ。籠《かご》の中に閉じ込めておくことはできん」

そのように思ったが、だからといって遠ざけることもできなかった。頼朝を軍師に据えて以来、国力は二倍になった。仇敵《きゅうてき》である月の国との戦争にも数度、勝利できたのだ。

「まったく気にくわない目をしているが、利用できるうちは利用しなくてはな」

そのように思っており、頼朝を重用していたのだが、そんな彼がある日、とんでもない策を持ちかけてきた。その策とは仇敵である月の国と〝共同〟で愚者の国を攻めるというものであった。

「なにを馬鹿な」

と反論するエルラインであったが、頼朝は冷静に利を説く。

「愚者の国は日の出の勢い、今、倒しておかなければ後悔することになりましょう。それに今回は〝共同〟で愚者の国を滅するのであって、月の国と盟約を結ぶわけではありません。いわばやつらを利用するだけ」

「……ふむ、利用か」

太陽の魔王、エルラインは黄金の髭《ひげ》を撫《な》でる。

「たしかにそれは妙案かもしれない」

「はは。愚者の国が迎撃に当たっている間、我らは裏から回り込み、領土を奪い取ります。無論、月の国も領土を得ましょうが、過半は我らが奪えましょう」

国境線の位置を考えればその考え方は正しい。しかも頼朝の策を実行すれば労せず国土を奪えるのだ。一時的とはいえ仇敵と協力することになるが、それで得た利益で後ほど借りを返すこともできる。

「まさしく、一石二鳥」

そのように思ったエルラインは頼朝の策を受け入れると、出陣の準備を始めさせた。

一応、頼朝が裏切らぬか確認するため、やつの元に潜り込ませた愛妾《あいしょう》に探りを入れさせる。

その女からの報告によると頼朝の胸にはたしかに蟲が埋め込まれているそうだった。

「ふふふ、ならばよし。もしも不穏な動きを見せたら殺せばよいだけ」

あるいはこの作戦が失敗しても殺すつもりだった。

異世界の英雄に寛容なエルラインであったが、失敗にまでは寛容ではない。

使えない英雄は即処分する。そうやってこの国を治め、大きくしてきたのだ。

頼朝だけ例外とはなりえない。

むしろこの氷のような目をした英雄は油断ならない。殺す口実ができれば喜んで実行するだけであった。

「この太陽の王国は俺の王国だ。英雄は道具にすぎない」

そのような信念のもと、数百年にわたる栄華を築いてきたのである。

今後、さらなる発展を遂げるため、頼朝にはせいぜい〝犠牲〟になってもらおう。そのように思っていたのだが、その考え方はいささか傲慢《ごうまん》すぎた。

自分以外のものを捨《す》て駒《ごま》にするその考え方。他人を道具としか思わないその不遜さは〝叛意〟を生む土壌となったのだ。

頼朝はエルラインに〝嘘《うそ》〟の報告をした愛妾に褒美を渡すと、そのまま脇差《わきざし》で彼女の心臓を貫いた。彼女がエルラインと通じて自分の見張りをしていたことを知っているからだ。無論、女が死ねばエルラインは不思議に思うだろうが、次の報告はいくさのあとになることは明白であった。エルラインは彼女から報告を受けることはない。なぜならば次のいくさでエルラインは死ぬからだ。

頼朝は次のいくさで愚者の国を滅すると同時に、主であるエルラインも殺すつもりであった。

自分を散々利用してきた魔王に憤慨しているわけではない。

単純に自身の生存本能に駆られての行動であった。

どの魔王に召喚されても同じこと。

この世界の魔王の道徳的価値観に期待をしてはいけない。用済みになれば必ず消される。ならばその前に反乱を起こし、自分自身が王にならなければいけない。

そうしなければ生きることが許されない。それがこのカルディアスであった。

ただ、この国で王になれるのは魔王だけであった。

圧倒的な〝力〟と〝邪悪さ〟を備えたものだけが王として認められるのだ。

異世界の英雄とはいえ、王になることは許されない。

ならばどうすればいいか？

答えは簡単だ。

自身が魔王になればいい。

魔王を超える力と邪悪さを身に付ければいい。

そのための〝手段〟がこれであった。

一〇〇人の高貴なエルフの血と臓腑《ぞうふ》を煮詰めて作った心臓。

それを飲み込めばいい。

さすれば心臓の横にある怪しげな蟲など意味を成さなくなる。

魔王すら超える身体を持てば、魔王が作った蟲など、文字通り虫けらとなる。

鋼よりも強靱な心臓を手に入れれば、蟲の一刺しなど恐れる必要はなかった。

頼朝は躊躇することなくエルフの心臓を喰《く》らうと、新たなる魔王、いや、〝魔王を超えしもの〟となった。

†

四〇〇〇の兵を率いて北上した俺は、谷の近くで陣を張った。

谷を戦場に選んだのは大軍と戦いやすいからだ。

月の国の総数は二〇〇〇〇。その数は尋常ではない。

正面から戦えばあっさりと負けることであろう。

ならば平原を戦場に選ぶなど論外、少数の兵でも戦いやすい谷を戦場に選ぶは必定《ひつじょう》であった。

「細長い谷の地形を利用し、大軍と当たるのですね。さすがはフール様」

ジャンヌは目を輝かせて称賛するが、ここまでは凡将でも同じことをするだろう。

俺が凡将とは違うところは、兵の半分を部下に託し、小細工を行わせていることであった。

必ず太陽の国が裏切ることを〝予期〟していたのである。

しかし、ここまでは凡将に毛が生えたものでもできる。

俺がさらに非凡なところは、太陽の国が行動を起こす前に月の国を撤退に追い込むところであった。

五倍の兵を見事に翻弄《ほんろう》したのだ。

俺は敵軍を谷に誘い込むと、四方八方から攻撃をし、敵を駆逐した。

軍事学上、大軍が狭隘《きょうあい》な谷に入るのは御法度《ごはっと》である。

大軍の利点がなくなるからだ。

大軍は区々《くく》たる用兵などせず、圧倒的な兵力で敵を包囲殲滅《せんめつ》すれば勝てるのである。わざわざ戦いにくい狭路に入る必要はない。

しかし、逆に考えれば大軍を狭隘な地形に誘い込めば少数の軍でも大軍を駆逐できるのだ。

ちなみにどうやって相手を谷に誘い込んだかといえば単純な詐術を使った。

情報戦を仕掛けたのである。

俺はこれあるを予期し、事前に月の国に間者を忍ばせ、

「愚者の国の兵隊は最弱。三国を駆逐したのは偶然に偶然が重なっただけ」


このような噂を流布させたのだ。

さらに戦車の国を吸収した愚者の国はまとまりがなく、士気も低いと付け加えさせた。敵がこちらを侮るように仕組んだわけである。

ただ敵将も馬鹿ではないので、それだけでこちらが弱軍であると侮ることはなかった。

月の国を率いるのは三国志の時代に活躍した張遼《ちょうりょう》という将軍だった。中国史に燦然《さんぜん》と輝く英雄、かの猛将呂布《りょふ》の配下であり、曹操《そうそう》に仕えたあとも無双の活躍をし、魏《ぎ》という国の建国に尽力した名将中の名将だった。

名将とは情報を精査し、慎重に判断できるものだけに与えられる呼称で、噂だけに踊らされることはなかった。だから俺は策をふたつ実行した。

ひとつ目の策は、月の国のダークロードにこのような噂を流したのだ。

「張遼将軍に叛意あり。太陽の国と内通している。嘘だと思われるのならば次のいくさを見よ。彼は消極的な用兵をするだろう。理由は自分の兵を温存し、反逆するためである」

月のダークロードはそのような噂を耳にしたはずである。

部下の報告によれば一笑に付したらしいが、大事なのはその噂がダークロードの耳に入ったことを〝張遼〟も知っていることであった。

月の国の魔王は魔王らしく、疑い深い。

そのことを熟知している張遼はこの戦いで〝消極的な〟戦法はとれなくなったということだ。

彼の周辺には〝見張り〟となる魔族がたくさんいるのだから。

そうなれば、張遼がちょっとした小細工をすれば必ず耳に入り、張遼を攻撃してくれるはずであった。

そこでふたつ目の策を実行する。

ふたつ目の策は張遼ではなく、彼の見張りの魔族を欺くものであった。

こちらが弱兵であると信じ込ませるのだ。

谷の前に陣を張った初日、俺は四〇〇〇の兵に気前よく食事を振る舞った。

炊きたての米とジューシーな肉を与えたのだ。

四〇〇〇の兵に豪勢な食事を振る舞うのは六〇〇〇の竈《かまど》が必要だった。

翌日も同じように食事を作らせる。

ただし、初日の半分の量にさせた。

初日は通常の三倍の量があったので、兵は不満を言うことはなかった。

その翌日はさらに半分、その翌日もさらに半分、どんどん減らすと通常よりも少ない量になったが、兵は不満を漏らすことはなかった。

俺が神算鬼謀《しんさんきぼう》の魔王であることを知っていたからだ。

「あのフール様が無意味なことをするわけがない」

「食事の内容から量に至るまで、なにか意味があるに違いない」と信じてくれたのだ。

それは買いかぶりではない。

これには意味があった。

毎日のように減っていく食事、炊く米、焼く肉の数が少なくなれば竈の数も減る。〝のぼる煙の数〟も少なくなる。そうなれば敵軍はこう思うはずであった。

「敵軍には逃亡兵がいるに違いない」

と。

つまり噂どおり愚者の国は弱卒の集まりで、容易に倒せると信じてくれるのだ。

さらにそこに消極策が取れない将軍と、疑いの目を向けている見張りが合わさればどうなるか、火を見るよりも明らかだった。

名将張遼は動かざるを得なくなる。

罠《わな》があると思っても谷に軍を進めざるを得なくなるのだ。

張遼は己の直属部隊と共に谷に乗り込むと、見事に俺の手のひらで踊らされる。

張遼の直属部隊の数は八〇〇〇。

よく訓練されており、士気も高い。

装備は我が国のものより上質で、正面から当たれば負けること必定であった。

しかし、彼は負けた。

理由は複数あるが、代表的なものを上げると。


地形が最悪だったこと。狭隘な谷は少数のものに有利だった。敵を四方八方から攻撃できる。兵は側面からの攻撃と包囲にめっぽう弱いのだ。

つまり谷は上部から一方的に攻撃できるのだ。

谷の上から石を落としたり、弓矢で一方的に攻撃することもできた。

我が軍は精強で、俺の意図通りに攻撃してくれたので、張遼の直属軍はあっという間に壊滅した。

自画自賛になるが、俺自身の個人的武力もすさまじいことも理由のひとつだ。

この一〇〇年間、鍛え抜いた魔力で大軍をなぎ倒す。

局所に集まった敵兵は《炎嵐《ファイアストーム》》の魔法で燃やし尽くし、細長い地形に留《とど》まっている兵は、《光の槍《やり》》で串刺しにした。俺の手のひらから出る魔力の槍は、通常の二〇倍伸びるのだ。つまり、二〇〇メートル伸ばすことができ、同時に何百人もの兵を串刺しにした。

心強い部下たちと自身の活躍によって張遼の兵を壊滅に追い込むと、俺は彼に一騎打ちを挑む。

負けを察していた張遼は意外な表情を見せる。

「軍を率いての戦いに圧勝した大将が一騎打ちを申し込んでくるなど……」

そのような台詞を漏らすが、それに対してこのように返す。

「同数で正面から戦えば俺の負けだった。必要に迫られて小賢《こざか》しい策略を使ったが、俺はあんたを尊敬していてな、正々堂々戦いたい」

張遼は名将中の名将。

唐の名将六四選に選ばれたこともある。

「合肥《がっぴ》の戦い」ではたったの八〇〇の兵で孫呉一〇万の兵を打ち破ったのだ。

その武勇をこの目に焼き付けたかった。

俺の気持ちを察した張遼は槍を握りしめると、馬に鞭《むち》を入れ、一騎打ちを受け入れてくれる。

俺も自慢の八脚馬《スレイプニル》を繰り出すと、アゾットの短剣に魔力を込める。

柄に入れた氷の秘薬により、短剣を増長させると、氷の槍を作る。

一騎打ちとは馬上で行うもの、槍を突き合わせるもの、そのように思ったからだ。

俺の得物は短剣であるが、槍の鍛錬も欠かしたことはなかった。

張遼と俺は槍を振り回しながら突撃すると、交差する。

達人同士の戦いは一瞬で決着が付くという話もあるが、俺と張遼の戦いは一撃では終わらなかった。実力が伯仲《はくちゅう》していたのだ。

二〇合にも及《およ》ぶ打ち合いの末、俺は敵将張遼の首を飛ばすことに成功する。

俺が勝つことができたのは運がよかったからに過ぎない。

馬上での力量は明らかに彼が上回っていた。

ただ、彼は最後まで運に見放されていた。

先ほどの戦いで消耗したのも理由だろう。彼は敗軍濃色となると、部下を逃がすために血路を開き、槍を振るっていたのだ。

彼が万全の状態ならば、俺は負けていた。

彼の首にそのように語りかけるが、彼は黙して語らない。

もしも死霊魔術で復活させても言い訳はしないだろう。

名将とはそのようなもの。

「敗軍の将は語らず――」

名将は死に様さえ美しい。そのように続けると、俺は部下に張遼の遺体を丁重に葬るように命じた。

張遼の直属部隊八〇〇〇を敗北に追い込むと、残り一二〇〇〇も撤退していく。元々、彼らのやる気は乏しい。戦果を得られないのならばこれ以上、戦場に留まる理由はないのだろう。

俺の計算はたしかなもので、一刻後、月の国から和睦の使者が訪れる。

俺は使者の持ってきた書状を見ることなく、了承する。

「内容は見ないのですか⁉」

驚く使者に言い放つ。

「内容は想像が付く。和睦するから撤退時に攻撃しないでくれ、だろう」

「そうですが、条件を見なくてもいいのですか」

「条件などない。撤退するのならばこちらはなにも望まない」

「な、貢《みつ》ぎ物《もの》は不要で？」

「ああ、賠償金もいらない」

使者は「有り難いことですが」と半信半疑で帰っていったが、それを見てジャンヌが尋ねてくる。

「フール様、よろしいので？　ここは多少でもふんだくったほうがいいのでは」

「無論、そちらのほうが国益に叶《かな》うが、今は遅巧より拙速を求める。帰ってくれるなら追撃もしないし、賠償金もいらない」

「もったいない」

と嘆くジャンヌに、このように言い聞かせる。

「賠償金ならば真の裏切り者の太陽の国から取り立てるさ。やつらの王を殺し、領土を接収する」

「それは素晴らしいアイデアです」

にんまりとするジャンヌ。

ここで入る急報。

愚者の城に残していた使いから知らせが入ったのだ。太陽の国が侵攻を開始した、と。

その報告を聞いてジャンヌは驚喜する。

「本当にフール様は素晴らしい。なにもかも計算通りです。またしても時間差で敵軍を各個撃破しました」

「運は天にあり、鎧は胸にあり、手柄は足にあり、何時も敵を我が掌中に入れて合戦すべし」

「おお、なんか格好いい言葉です」

「日本の名将、上杉謙信《うえすぎけんしん》の名言だ。いくさは博打《ばくち》、強い心を持って足で手柄を稼げ、相手を手のひらの上に乗せて、常に主導権を握れ、ということだ」

「まさにフール様の兵法ですね。いつか、その上杉謙信をスカウトしたいです」

「まだこの世界に召喚されていないのならば一考したいな」

そのように纏《まと》めると、兵を引き返す。

愚者の城に残した四〇〇〇の兵と合流するのである。

いや、四〇〇〇の兵が引きつけている太陽の国の軍隊の側面を突くのだ。

「そのために貴重な兵を二手に分け、義経に留守番をさせていたのだしな」

太陽の国は三〇〇〇〇の兵を率いているとのことだが、名将義経ならば持ちこたえられるはずであった。彼の将としての実力は歴史が証明していた。それに我が愚者の城の防備は堅い。

歴代の臆病者《おくびょうもの》のダークロードが守りを固めたということもあるが、俺が当主になって以来、様々な工夫を施してきたからだ。

八倍程度の兵ならば持ちこたえられるはずであった。

「義経が耐えに耐えてくれている間、俺が間に合えばこのいくさに勝てる」

そのように纏める。

ジャンヌは俺の勝利を疑わずに兵を再編し、移動を命令するが、なにもかもが俺の手のひらの上で踊ってくれるわけではないようだ。

このカルディアスはそのように甘い世界ではなかった。

†

源義経は兵数で劣る源氏軍を率いて、平家《へいけ》の大軍を打ち破った名将である。

しかし、彼（彼女？）の実力は攻め手のときに、より発揮されるのは明白であった。

平家の大軍を打ち破るときにはその力を遺憾《いかん》なく発揮させたが、平泉《ひらいずみ》での防衛戦ではその力を発揮できなかった。

ゆえに兄の派遣した追討軍に敗れたのである。

その特性はこの世界でも同じようで、愚者の城に籠もった義経は難儀していた。

攻め寄せる太陽の軍、間断なく攻撃を加えてくる。

太陽の軍を指揮する義経の兄は弟の特性を熟知しており、日に日に攻勢を強め、追い込んでくる。

愚者の城は三重構えの山城であった。

難攻不落といってもいい造りであるが、この世界には魔法や巨人なども存在し、陥落しない城など存在しなかった。

八倍の兵力を有する太陽の軍は、構えを次々と破り、城の中まで侵入してくる。

「っく、さすが兄上」

場内に侵入してきたゴブリンを斬り殺すと、義経は選択を迫られる。

このまま城に籠もって最後の一兵まで戦う道、

城から脱出し、再起を図る道、

幸いなことに、この城を落とされても先日手に入れた戦車の国は残っている。再起は可能であろう。後者を選んでも問題なかったが、問題なのは義経の気持ちだった。

フールに城を託された責任を果たしたかったし、それにこの城を攻める太陽の国の軍師を斬り殺したかった。

宿敵である兄と戦える貴重な機会なのだ。

義経は悩みに悩むが、視界にとある兵士が目に入る。

彼の祖父は愚者の国のために戦い、戦死した。

その父も先日の四魔王会戦で戦死した。

彼の兄もそのときに死んだ。その弟は昨日、太陽の軍との戦いで死んだ。

一族郎党、皆、戦死したのである。

彼には年老いた母がひとり残っていた。

もしも彼がこの場で戦死すれば、そのことを彼の母親に告げなければならない。

そのような悲しい役目を果たすことは出来なかった。

勇敢に戦う彼の援護をし、マンティコアと呼ばれる人の顔を持った獅子《しし》を斬り殺すと、そのまま離脱する旨を伝える。

「口惜しいがこれまでだ。城の奪還はフール殿に任せる」

そのように言い放つと、彼の手を引き、脱出路を確保する。

古来、城には抜け道が用意されているもの。

緊急時にはこの道を使えとフールに指示されていたのだ。

「あるいはフール殿はこの敗戦すら予想していたのかもな」

抜け道を確認すると、小綺麗《こぎれい》になっていることに気がつく。

要所要所に松明《たいまつ》も設置されており、どれも新品だった。

つまり近くこの道を使うと予想していたということだ。

「この一戦は義経の負けだが、まだまだ分からんぞ」

なだれ込んできた一団の奥に兄の姿を確認すると、心の中でそのような言葉を送る。

無論、届きはしないが、血を分けた兄弟へのせめてものはなむけであった。

「――次会ったときはその首、必ず頂戴《ちょうだい》する」

そのように言い放つと、義経は撤退戦を指示した。

兄源頼朝は弟義経の姿を見つけたが、たいした感慨を持たなかった。

宿命の対決とか、返《かえ》り討ちにしてやるとか、ここで殺さねば、という感情は湧《わ》かなかった。

ただただ無関心に見送ると、城を占領する。

逃げ遅れた愚者の国の兵を数時間で掃討《そうとう》すると、主を呼び出し、愚者の城の玉座を提供する。

主のエルラインは上機嫌で玉座に座る。

「ふむ、山間の貧乏国家と聞いていたが、玉座の座り心地はなかなかではないか。あと、二〇の玉座を手に入れれば私も晴れて大魔王だ」

はっはっは、と高笑いを上げ、同意を求める。

「…………」

黙して語らない頼朝を不満げに見つめるが、戦争に勝利し、一国を手に入れた事実は変わらない。太陽の魔王はダークロードとしての度量を示す。

「ふん、此度《こたび》の一戦、褒めてつかわす。そちにはなにか褒美を与えねばな」

「なにを望んでもよろしいので？」

「ああ、好きにしろ。なんならこの国の統治権をくれてやろうか？　玉座の座り心地はいいが、しょせんは山間の小国だ。部下にくれてやってもいい」

「有り難き幸せ」

頼朝は深々と頭を下げると、申し訳なさげにいった。

「しかし、それだけでは足りませせぬ」

「なんだ、強欲な男だな。では金貨一〇〇〇枚と美女二〇人も下賜《かし》しよう」

「有り難き幸せ。しかしそれでも足りませぬ」

「……なんだと」

さすがに不機嫌になる。たしかに頼朝の功績は素晴らしいが、この城を奪えたのは他の将軍や魔族の功績も大きいのだ。これ以上の褒美はたかが人間風情に与えられるものではなかった。

だが、それでも太陽の魔王は度量を示し、名馬も与えると約束する。

頼朝は微笑み、有り難き幸せ、と頭を下げるが、〝まだ足りぬ〟と続ける。

さすがに激発した太陽の王は、右手に持っていた酒杯を投げつけると、怒声を浴びせた。

「この上、なにを欲しがる！　俺の国すべてを欲するか！」

その問いに頼朝は弓矢によって答える。

「左様でございます」

と言い放つと、和弓を絞り、矢を放つ。

ひゅん、と放たれた弓は魔王の腹を穿《うが》つ。

魔王は腹を押さえながら言う。

「き、貴様、俺を裏切るつもりか」

「左様です」

「な、なぜだ」

「より強きものが上位に立つ。この世界の理です」

「たかが異国の将軍風情がなにを言う」

太陽の王は頼朝をただの〝将軍〟と認識しているようだが、日本の将軍はただの将軍ではない。日本の将軍は特別な意味を持つ。

夷狄《いてき》を振り払う役目を天子より賜《たまわ》った特別な存在。

日本の内政と外交を委任された国王のような存在。

異世界の外国からは〝タイクーン〟と呼ばれた偉大な存在なのだ。

しかし、彼にはそれが分からぬようだ。

二発目の矢を解き放つ。


ひゅん！


「二度も同じ手を喰らうか」

二発目の矢を空中でつかみ取ると、ぽきりと折る魔王。

「弓矢ごときで俺を殺せると思ったか」

そのように言い放つと、近衛兵がやってきて頼朝を囲む。

無数の槍先が彼を包み込む。

「やれ」

と言うと、その槍が頼朝に容赦なく突き刺さる。一八の槍によって無残にも突き刺された頼朝の身体はずたぼろとなるが、それでも死ぬことはなかった。

「な、まさか、こいつは脆弱《ぜいじゃく》な人間なのに」

太陽の魔王の言葉に反応したのは、体中に穴が開き、内臓が飛び出た頼朝だった。

「たしかに人間の身体は脆弱だ。ゆえに魔王よりも強い英雄は限られる」

ましてや私は生粋《きっすい》の武人ではない、とも付け加える。

「しかし、その分、私は知力に長《た》けている。この世界の邪法を研究し、究極の力を手に入れることに成功した」

「なんだと」

「私を『時を忘れた森』に派遣したのが命取りだったな。私はこの世界で最も高貴な命を捧《ささ》げることにより、最強の力を手に入れた」

頼朝はそのように説明すると、己の身体を変化させた。

隆起する上半身の筋肉が着物を突き破る。

頭に角が生え、口が裂ける。

肌の色は朱色を塗りたくったように真っ赤《まっか》に。

その姿は異世界の〝鬼〟そのものであった。

源頼朝は〝酒呑童子《しゅてんどうじ》〟へと化身したのだが、太陽の魔王はその呼称を知るよりも先に死を迎える。

酒呑童子と化した頼朝は近衛兵を振り払うと、太陽の王をむんずと摑《つか》み、真っ二つに引き裂いてしまったのだ。

だらんと垂れる太陽の魔王の内臓。

その姿を見た近衛兵は恐怖に駆られる。しかし、自分たちの役目を思い出し、酒呑童子を殺そうとするが、酒呑童子は野太い声で言い放った。

「おまえたちにも妻子がいるだろう」

異形のものが発するにはあまりにも現実的で切実な台詞。近衛兵たちは自分たちが人の親であることを思い出した。

「俺に従え。たしかに俺は国を盗んだが、それは太陽の魔王とて同じ。このカルディアスの魔王たちの歴史は三〇〇〇年に及ぶが、言い換えれば三〇〇〇年前には存在しなかったのだ。俺が新たな魔王になってなにが悪い」

「…………」

その通りと納得したもの、

あるいは死を恐れるもの、

魔族の性《さが》として強者に従うもの、

近衛兵は様々な感情を抱くが、半数は酒呑童子に従うことになる。

ただ、残りの半数は主の敵《かたき》を取る道を選択したようだ。

槍を突き立ててくる。

「愚かなものたちだ」

酒呑童子はそう言い放つと、一振りで逆らった近衛兵の半分を殺し、もう一振りでほぼ壊滅させた。

その姿を見て残りのものたちは逃げ出すが、酒呑童子は風のような早さで回り込むと、彼らの命を奪った。

こうして酒呑童子こと源頼朝は愚者の城の主となる。

引き連れていた遠征軍も半数は彼に従うことを誓約する。

このようにして愚者の城で歴史は急激に動き始める。

†

愚者の城を占拠した酒呑童子、二三番目の魔王となった彼は、遠征軍の半数を率いて源氏の国の建国を宣言する。

各国に召喚された源氏ゆかりの英雄を集め、他の魔王と互する計画のようだ。

その計画は遠大で緻密《ちみつ》で、実現困難に思われたが、以前から計画していたようで、源氏ゆかりの郎党が続々と集まり始める。その中には日本で謀殺した弟、源範頼《みなもとののりより》なども含まれていた。

その事実を聞いて、〝もう一方の謀殺された弟〟である義経は、

「まったく、どっちの兄上も懲りないものだ」

と呆《あき》れたが、範頼の気持ちも分からないでもない。

義経はフールという素晴らしい魔王に召喚されたが、それ以外の魔王に召喚された源氏の郎党たちは塗炭《とたん》の苦しみを味わっていた。

犬畜生のように扱われ、使役されているものもいただろう。

このような機会があれば源氏の棟梁《とうりょう》のもとにはせ参じ、異世界の魔王どもに反抗しようとするものは多いはずであった。

「源氏は誇り高い血筋だからな」

ゆえに兄に謀反《むほん》を疑われ、殺された範頼とて従ったのだろう。

「いざ鎌倉《かまくら》」

か。

頼朝の妻、北条政子《ほうじょうまさこ》が残した明言を口にすると一笑に付す。

「義経は他の源氏とは違う。騙《だま》されるのは一度で十分だ」

フールに心酔し、兄を憎悪していた義経は迷わずフールのもとへ帰還する道を選んだが、その途中、思わぬ集団と出くわす。

最初、盗賊の集団かと思った。愚者の城の陥落を聞きつけ、落ち武者狩りにでもやってきたのかと思ったが違うようだ。

盗賊のような身なりをした集団の先頭に見知った顔があった。

「…………」

言葉が出なかったのはそのものに好意を持っていなかったからである。

「盗賊に零落したか、明智日向守《あけちひゅうがのかみ》……」

「官位で呼んでいただき有り難い」

白髪髭の老人は深々と頭を下げると、自分たちと合流するように勧める。

「なんだと、義経に裏切りを勧めるか」

「裏切りではございません。あなたは源氏の棟梁の弟ではありませんか」

「やつは義経を殺し、愛する静も殺した男ぞ」

「乱世のならい。運命の糸がもつれてからまってしまったのでしょう。この異世界では日本で起きたような悲劇を回避すればいいのです。あなたは兄上に反抗的だった。勝手に朝廷から官位を受け取り、東国の和を乱したのです」

頼朝が義経を殺した理由はいくつかある。功績を立てすぎた義経を妬《ねた》んだというもの。あるいは逆に義経が頼朝に叛意を抱いたというものもいる。その根拠のひとつに頼朝に断りもなく朝廷と接触し、官位を受け取ったというものがある。

たしかに今にして思えば軽率な行動であったが、結局、謀殺される理由のひとつでしかないと本人は思っていた。源氏の棟梁になるというのは血塗られた道で、親兄弟を殺すしかないのだ。頼朝の父も祖父もそのようにして源氏の棟梁になったのだ。息子もそれに従ったまでだと思っている。――だからもう二度と関わり合いになりたくない。

義経は心の中でそう結ぶと、明智光秀に敵意を飛ばす。

「明智日向守殿、貴殿はたしか土岐《とき》氏に連なるものでしたな」

「左様」

「土岐氏は兄上の御家人《ごけにん》、後の世で美濃《みの》などに割拠《かっきょ》し、繁栄したと聞いています」

「その通りです」

「しかも我らと同じ清和源氏《せいわげんじ》の家系。つまり兄上の呼びかけがさぞ魅力的なのでしょう」

「左様です。実は何年も前から有事の際には駆けつけられよ、と誘いを受けていた」

「用意周到な兄上らしい。そして裏切りの人である明智光秀らしくもある」

「…………」

「しかし、義経は裏切らない。どのようなことがあってもフール殿を守り抜く」

「でしょうな。あなたはそういう人だ」

「あなたとは一時とはいえ陣営を同じにし、苦労を分かち合った。この場で首を切り落とすことはできない。ただ、翻意をうながすことも無駄でしょう」

「つまり、次、戦場で会ったら殺す、と」

殺意だけは込めて言い放ったので、義経の決意は伝わったのだろう。光秀老人は誤解することはなかった。

「その通りです。義経は敗軍をフール殿の本隊に合流させ、必ず兄上の軍を打ち破ります」

「なるほど、あなたならばそう言うと思っていた」

光秀はにやりと口角を上げたような気がした。

——いや、そんなことはどうでもいいか。

義経は、

「御免《ごめん》」

と彼に背中を向けると、そのまま敗軍を率いて北上した。

その姿を見ていた光秀の部下は主に、

「いいのですか？」

と尋ねた。

「いいのだよ。これは余興だ。本来、会う必要はなかった。しかし、会ったらどんな反応をするか試したかった」

思った以上の反応だったよ、と付け加えると、光秀軍は南下した。

そこには愚者の城があり、次々と源氏ゆかりのものが集まっていた。

†

愚者の国の端で軍幕を張り、ワインを飲むダークロード・フール。

彼の横には可憐《かれん》なメイドがたたずんでいた。

フールはこの事態を予期し、彼女を自分の側に置いていたのだ。

ジャンヌなどはめざとく、

「さすがフール様、義経殿の敗戦も計算の内なのですね」

と言ったが、実はそうではない。

俺は義経を信頼しており、持ちこたえると思っていた。彼（彼女？）が頼朝を釘付《くぎづ》けにしている間に側面攻撃を加える予定だったのだ。

ただ、敗戦の可能性も考慮し、彼女（彼？）には秘策を与えていたし、善後策も用意していた。

ここから逆転の目はあるが、不利になったのは事実だった。ここから王としての真に器量が問われるだろう。気を引き締めなければ。

スピカからワインのお代わりを受け取ると、改めて現状を振り返る。

酒呑童子こと源頼朝に従うのは遠征軍一〇〇〇〇、カルディアスの源氏ゆかりの人間三〇〇〇だった。愚者の国で徴兵を行わなかったのはまだ支配権を確立していないからだ。そんな中、強引に徴兵をすれば反乱は目に見えている。さすがの戦略眼を持っているようだ。

しかし、そんな中でも一三〇〇〇の兵を揃《そろ》えたのはさすが源氏の御曹司《おんぞうし》のカリスマ性だった。

「天下を取っただけはある」

ワイングラスを片手にそのように評すと、メイドのスピカの不安げな顔に気がつく。

「……フール様」

彼女の物憂げな表情を見るに、ある程度情報が伝わっているのだろう。敵の数が一三〇〇〇の大軍であること、愚者の城が陥落したこと、義経が敗れたこと、頼朝が酒呑童子と呼ばれる化け物になったことも知っているようだ。

「まあ、ジャンヌがヒステリックにわめき立てていたからなあ」

あのジャンヌですら脅威に感じているのだから、スピカがこのように不安になるのは仕方ないことであった。

俺は彼女の気を紛《まぎ》らわすため、彼女の頭を撫でる。

「恐れることはない。君の主は最弱にして最強の魔王だ。今回も奇跡を起こすさ」

「わたしはフール様の力を疑っているわけではありません。昨晩、ジャンヌ様から聞いてしまったのです。結局、太陽の魔王は死者復活の秘技を持っていなかったそうではないですか」

「なんだ、そのことか」

あっさりと言ったためだろうか、スピカは疑問を深める。

「なにをそんなにあっさり」

「まあ、もとからこんな性格なのと、最初からそんな能力などないことは知っていたしな」

「え⁉」

驚愕《きょうがく》の表情を浮かべるスピカ。

「しかし、魔王様はその能力があるかもしれないと反対を押し切って太陽の国と同盟を結んだんじゃ」

「ああ、しかし、その噂を流させたのは俺だ」

「え？　……ええ⁉」

頭にはてなマークがたくさん浮かんでいるスピカ。

彼女には〝一部〟だけ説明しておいたほうがいいか。

「俺は私情に駆られて太陽の国と同盟したように見せかけたかった。国政を私物化し、部下と仲違《なかたが》いしているように見せかけたかった。さすれば我が陣営に紛れ込《こ》んでいる太陽の国の間者がそのことを報告し、攻め込んでくれると踏んでいたからな」

「結果、そのようになりました」

「ああ、基本、攻め手は相手の三倍の兵を用意せねばならない。だが、あちらから攻めてくれればその数は少なくて済む」

「魔王様は大胆不敵ですね」

「戦車の国を占領したが、逆にいえば予定外の膨張は内政的にも軍事的にもよろしくない。国境線を接した国は遠からず攻めてくると思った」

「事実、月の国は攻めてきました」

「ああ、やつらは太陽の国との同盟を口実にしたが、同盟していなくても攻めてきたはず。このカルディアスは生き馬の目を抜くような世界だからな」

「……はい。とても生きにくいです」

「俺はこの新生愚者の国を大陸一の強国にし、いつかこの世界を統一するつもりだ。そのためには立ち止まっている暇はないんだ」

そのように決意を見せると、

「よくぞ言ってくれました！」

とジャンヌがやってくる。

彼女は愛用の旗を振りかざし、

「今こそ出陣です」

と言い放った。

「勇ましい姿だ」

そのように評すが、俺と彼女の気持ちは同じだった。

報告によれば義経が敗軍をまとめ上げ、北上しつつあるらしい、こちらが軍を南下させればすぐに合流できるだろう。

義経軍は敗戦の混乱で二〇〇〇兵を下回っているそうだが、こちらはまだ四〇〇〇近くの兵を有していた。一三〇〇〇対六〇〇〇〇、倍の戦力比になるので、厳しい戦いが予想されるだろう。

ただ、それでも俺は勝つつもりだが。

そのための布石を打つ。

「ジャンヌ、敵軍の動きは」

「源範頼将軍率いる一二〇〇〇が出立したようです」

「やはりな。源頼朝は常に後方で指揮し、前線の将軍を身内で固める」

「フール様の読み通りということですか？」

「ああ、つまり、勝機あり、ということだ」

その言葉にジャンヌは表情を輝かせる。

「俺は三〇〇の兵を率いて愚者の城に潜入する」

「な⁉ そんな少数で城に突撃するのですか？」

「潜入だ。裏道を使う」

「あ、なるほど。……でも、裏道は義経殿が使ったはず。塞《ふさ》がれているのでは？」

「義経が使った道はな」

「もうひとつあるのですね！　さすがはフール様」

勝利は疑いありません、と言い放ち、軍の編制を始めるジャンヌだが、彼女には内密にしていることもある。

その三〇〇の兵を城に潜入させる血路をどうやって作るか、をだ。

源範頼は無能ではない。また、こちらに倍する兵力を持っている。

そう易々とは突破させてくれないだろう。

まあ、突破は是が非でもするのだが、問題は一二〇〇〇の大軍をどうやって滅するかだ。

こればかりは奇策《きさく》だけではどうしようもない。

「……そうなればやはりあの男が鍵《かぎ》を握るか」

俺は白髪頭の老人の顔を思い出す。

先日、仲違いした老人。

俺に見切りをつけ、軍の一部と共に出奔した老人だ。

彼が歴史書の評判通りの人物ならば俺は負けるだろう。この一戦に破れ、葬り去られるはずであった。

しかし、彼が俺の感じた通りの人物ならば、信に篤《あつ》く、義を尊ぶ性格ならば。主の名誉を守るため〝主を殺す〟性格ならば、必ずこのいくさの勝利に貢献《こうけん》してくれるはずだった。

俺はそれを信じて軍を行軍させるだけだった。

俺はスピカを後方に下がらせ、三〇〇の特攻隊の編制を始めるが、彼女はその別れを惜しむかのようにお手製のお守りを俺に渡した。

「……どうかご無事で」

謙虚《けんきょ》で慎み深い彼女はそれ以上なにも言わなかった。

俺は彼女の笑顔を再び見るため、このいくさに勝利し、帰ってくるつもりだった。

そのとき、気が向けば彼女に昔話をしたかった。

かつて愛した聖女がどのような人物で、なにを思っていたのか、それを共有したかった。一〇〇〇年間、自分の中に秘めていた気持ちを共有したい人物と、はじめて出逢うことが出来たのだ。彼女のことを大切にしたかった。

†

源範頼率いる源氏軍は、手堅い魚鱗《ぎょりん》の陣形を敷いていた。

相手の倍の兵を持っている以上、奇をてらう必要はないのだ。正面から堂々と決戦を挑み、粉砕すればいい。

一方、寡兵《かへい》であるこちらは奇策に頼らざるを得ない。

俺はジャンヌに全軍の指揮を委任すると、細やかな指示を託した。

彼女は「はは」と命令を受諾する。

五七〇〇の兵で一二〇〇〇の兵を釘付けにし、突破口を開け、という無茶な難題も厭《いや》がることなく引き受けてくれたのは俺に対する忠誠心の表れだろう。

彼女は毅然《きぜん》とした表情で言い放つ。

「私は火あぶりにされた女ですよ。フール様のためならば、八つ裂きにされることも厭《いと》うことはありません」

その表情は神々しい。

「それにフール様は負ける戦いは絶対にしない方、今回も素晴らしい秘策を用意されているのでしょう」

「ああ、それは間違いない。ダークロード・フールは勝算なき戦いはしないんだ」

「ならばすべてこのジャンヌにお任せあれ」

彼女は自信ありげに自身の胸を叩《たた》くと俺を見送ってくれた。

彼女の指揮能力に一目置いていた俺は、安心して三〇〇の兵を率いて、そのときがくるのを待った。

源範頼とジャンヌ・ダルクの戦いは正午ちょうどに始まった。

愚者の国中央にある平原で両者は激突する。

平原での戦いは基本的に数が多いほうが有利だ。

山野と違って障害物が少ないので、小細工が通用しないのである。

小細工をするために鍛え上げた愚者の軍は苦戦するが、崩壊しなかったのはジャンヌの指揮能力のおかげだった。

「このジャンヌ、何年、フール様としとねを共にしていたと思う！」

そのように名乗りを上げるが、彼女とは一度もベッドインしたことはない。

彼女の部下が控えめに訂正する。

「かつてフール様が使っていたベッドを下賜された、の間違いでございましょう」

事実はその通りなので、ジャンヌは特に訂正せず、軍を指揮した。

彼女の指揮は本当に卓越しており、倍する敵に互角以上に渡り合う。いや、一時期は敵を後退させるまでの健闘を見せるが、それも最初の三時間までだった。

時間が過ぎると、兵士の数の差が如実に表れ始める。

ジャンヌが押され始めたのだ。

それを見て、俺が率いる特攻隊三〇〇は不安に駆られるが、彼らの動揺を抑える。

「安心しろ、ジャンヌはまだ秘策を残している」

そのように言った瞬間、ジャンヌ率いる直属部隊が光り輝き始める。

「あ、あれは?」

部下の疑問に答える。

「《聖なる旗手》のスキルだな。聖女ジャンヌだけが使える技、その効果は直属部隊の士気を大幅に向上させる」

ジャンヌ直属の神官戦士部隊は神聖魔法を操《あやつ》る戦士の一団であり、強力無比な存在だが、そんな彼らの士気がアップすると、比類なき存在となる。

ジャンヌが旗を持ち、先頭に立つと、神官戦士の一団は狂戦士《バーサーカー》のように後に続く。彼らが通ったあとは敵兵の死体の山が築かれる。

「す、すごい」

賛辞を贈る部下に同意すると、ジャンヌが作ってくれた隙《すき》を有効活用する。動揺した源氏軍の隙を突き、中央突破を図ったのだ。

俺も先頭に立ち、敵陣をチーズでも裂くかのように切り裂くと、そのまま隠し通路がある場所まで向かった。

俺たちは堂々と隠し通路の扉を開けると、その中になだれ込んだ。

「隠し通路に三〇〇の兵が入り込み、愚者の城に向かう！」

そのような報告は即座に源頼朝の耳に入ったが、彼はさして動揺しなかった。

「愚者の王ならばその程度の奇策、弄すると思っていた」

と悠然と迎え撃つ準備をさせる。

「むしろ、有り難いことだ。源範頼は頼りない。愚者の王を殺せば愚者の国は瓦解《がかい》し、完全に私のものとなる」

そのように言い放つと、愚者の城に残った源氏の兵一〇〇〇の士気は高まった。

頼朝は彼らを率いてフールの首を上げるべく、兵に指示をする。

「敵は城の北から押し寄せるようだ。こことここの通路に兵を集中させろ」

城の地図を指さし、そのように指示を送ると、整然と動き始める。さすがは頼朝が鍛え上げた近衛軍であった。忠実にして忠烈、その実力は本体を凌駕《りょうが》する。

事実、なだれ込んできたフールの特攻部隊を卵の殻でも壊すかのように打ち破っていった。

「これは我が軍の勝ちかな」

部下の報告によれば、聖なる旗手の突撃に耐えた源範頼は陣容を立て直しつつあり、特攻部隊も壊滅しつつあるとのこと。

「ここから逆転など不可能であろう」

そのように纏めると、侍女に酒杯を用意させる。

その酒杯は太陽の王のしゃれこうべで作ったものであった。尾張《おわり》の後輩、織田信長は裏切り者の義弟浅井長政《あざいながまさ》のしゃれこうべで酒杯を作ったそうだが、頼朝は主を裏切り、酒杯を作った。

頼朝のほうが悪質であるが、二番煎《せん》じではある。

「オリジナリティを出すため、フールの遺骨を使って玉座を作るかな。骨の玉座だ」

もうしばらくすれば部下からフールを討ち取ったという情報が入るだろう。

さすればその遺骸《いがい》を最大限に侮辱し、愚者の国の新しい王が自分であると示さねばならなかった。

そのように思っていると、その酒杯が吹き飛ぶ。

部屋に入ってきたとある人物が、魔法の矢を放ったのだ。

弓を引く体勢でマジックアローを放ったのは、件《くだん》の愚者の王だった。

彼は息を切らせながら言った。

「悪趣味な男だな。死者の骸《むくろ》を弄《もてあそ》ぶとは」

「これはこれはダークロード・フール殿。まさか玉座の間までやってこられるとは」

どうやって？　という問いに素直に答える。

「ここは俺の城だ。抜け道はふたつではないとも言っておこうか」

「三つ目があったということか。あとで塞いでおかねば」

「俺がやっておくよ。このままおまえを殺してこの城を奪還するからな」

「誇大妄想家の白昼夢そのものだな」

「吐《ぬ》かせ」

フールはアゾットの短剣に《斬》属性を込める。居合いの達人の遺灰を秘薬と調合したものだ。これをアゾットの柄に込めればどのようなものでも切り裂ける。

「蒟蒻芋《こんにゃくいも》以外は」

そのように言い放つとフールは頼朝の首を飛ばすが、〝この〟化け物は首を飛ばされただけでは死ななかった。

頼朝は自分の首を空中で掴むと、その身体を鬼に化身させる。

首を自分の胴体に置き、にやりと微笑む赤鬼。

「酒呑童子か……」

「さすがは博識で」

「古エルフの生命を犠牲にして暗黒の力を得た気分はどうだ？」

「最高だ」

酒呑童子は丸太のように太い手を振り下ろす。その一撃は巨人よりも鋭く、重い。

圧倒的な膂力《りょりょく》の一撃がフールの腹に飛び込む。

内臓が破裂しなかったのは、拳《こぶし》がめり込む瞬間に後方に跳躍したからだ。

威力をそいだわけだが、それでも吐血《とけつ》は免《まぬが》れなかった。

肋骨も何本か持っていかれたかもしれない。

「化け物め……」

素直な感想を口にすると、酒呑童子は、

「それもまた最高の褒め言葉だ」

と口元を緩《ゆる》ませた。


フールと酒呑童子の対峙《たいじ》はこのように始まり、このあと一時間にわたって死闘を繰り広げることになるのだが、その間も城の内外で戦闘は続く。

《聖なる旗手》の効果で有利に戦闘を進めていたジャンヌであるが、その効果は永遠ではなかったし、無敵でもなかった。効果があるのは彼女の直属部隊だけなのである。

その直属部隊も突進しすぎ、しこたま反撃を喰らってしまった。

ジャンヌも雑兵《ぞうひょう》に槍で脇腹を刺される。

我を取り戻したジャンヌは腹を押さえながら後退した。

改めて軍の正面決戦を指揮するが、そうなると数が多いほうが有利となる。愚者の軍隊は次第に追い詰められ、包囲されていく。

五七〇〇いた兵士は討ち取られ、ちりぢりにされ、二〇〇〇まで減少していた。

源氏の軍隊は依然一〇〇〇〇以上の陣容を誇っている。その上でジャンヌは完全に包囲されてしまった。

「……おお、神よ、我を救いたまえ」

そのような言葉を漏らすジャンヌであるが、神頼みはいつものこと。まだまだ士気は旺盛だった。万の軍隊に四方を囲まれ、一〇〇〇の矢がこちらに飛んできても不思議と死ぬ気にはなれなかった。

なぜならばジャンヌには神の加護があったからだ。オルレアンの包囲戦でもついぞ矢を喰らうことがなかったのである。

「それにフール様は秘策があるとおっしゃった。敵軍に包囲されたあとが本番とおっしゃっていた」

ここからなにか起きる！

力強く拳を握りしめると、部下を叱咤《しった》激励し、〝奇跡の瞬間〟が訪れるのを待った。

そしてそのときが訪れる。

ジャンヌに奇跡が起きたのは神の加護なのだろうか。

それとも魔王の底知れぬ力なのだろうか。

あるいはそれらすべての複合なのかもしれないが、ともかく、奇跡は起きる。

先日、袂《たもと》を分かった老将が、駆けつけてくれたのだ。

彼は馬に跨《また》がり、颯爽《さっそう》と刀を抜き放つと言った。


「敵は愚者の城にあり」


と。

これはフールを指しての言葉ではない。今現在、愚者の城を実効支配しているのは源頼朝であった。

彼はこの土壇場で源氏軍を裏切り、フールに味方したのである。

それを聞いた源範頼は驚愕した。

「この痴れ者が！　貴様、それでも源氏の末裔《まつえい》か」

それに対する光秀の答えは皮肉に満ちていた。

「生憎《あいにく》と源氏は裏切りの血筋。我が土岐一族などはときの上皇に叛逆奉った一族ぞ」

南北朝時代の武将、土岐頼遠《ときよりとお》は、時の上皇の牛車に弓を射かけたことがある。

「院というか、犬というか、犬ならば射ておけ」

婆娑羅大名《かぶきもの》として有名だった頼遠は、朝廷の権威を蔑《ないがし》ろにし、弓矢を射かけたのだが、さすがにやりすぎだったのか捕縛されて斬首される。

土岐氏は源氏の支流であるが、本家の源氏も血で血を洗う抗争を繰り広げており、裏切りなど日常茶飯事だった。

光秀を罵倒した範頼とて頼朝に謀反を疑われ、流罪を言い渡されたのだ。

そのことを指摘すると範頼は、

「俺はおまえとは違う！ 俺も源氏の血筋だ！ 源氏の棟梁の息子であり、鎌倉殿の弟だ！」

自分は正当な源氏であり、兄亡きあとは源氏の棟梁になる資格がある、と言いたいのだろう。

ちなみに範頼は鎌倉時代に頼朝が討たれたという誤報が入ったとき、頼朝の妻北条政子に、

「後にはそれがしが控えておりますゆえ、ご安心ください」と言ったことから失脚している。

相変わらず迂闊《うかつ》な男であるが、指摘はせずに光秀は反論する。

「つまり、家臣の分際であるそれがしが主人を討つのは逆臣と言いたいわけか」

「そうだ。聞けばおまえは流浪《るろう》の身を織田信長に拾われたそうではないか。一介の浪人から国持大名にしてもらった恩を忘れおって」

「なるほど、確かにそれがしは恩人を殺した。主人をお諫めするためであったが、今にして思えば間違っていたかもしれない」

もっと言葉を尽くしていれば、真心を込めて話し合っていれば、信長は朝廷を蔑ろにしなかっただろうし、「唐入り」などという侵略戦争も諦《あきら》めてくれていたかもしれない。

無能で不忠な自分の生き方を恥じたが、だからこそ、〝同じ間違い〟を繰り返したくなかっ

た。

「わしは天下の大罪人明智光秀、いまさらその汚名をそそぐことなどできないことは分かっている！」

「ならば馬鹿な考えはやめよ！　源氏としての使命を果たせ！」

「それがしはもう二度と間違わない。大志を持った主人を裏切ることは二度とない！」

光秀はそのように言い放つと、八脚馬を駆り、戦場を駆け抜け、源範頼の首を刎ね飛ばした。

首を刎ね飛ばされた瞬間、範頼は、

「ば、馬鹿な……」

と驚愕の表情を浮かべた。

光秀がこれほどの剣豪だとは思っていなかったのだ。

ただの老人にこれほどの力があるとは計算外だったのである。

「おのれ、光秀、この裏切り者め、地獄の底で待っているからな。必ずおまえの白髪首を刎ね飛ばしてやる」

首を飛ばされても恨めしそうに見つめてくる範頼に、念仏を唱え、冥福《めいふく》を祈ると、光秀はそのまま義経を包囲していた源氏軍を逆包囲し、蹴《け》散《ち》らした。

義経もそれに呼応するように軍を動かす。

義経と合流すると、「あうん」の呼吸でふたり、源氏の軍に反撃を加える。

範頼を失った源氏の軍は脆《もろ》かったが、それでも倍する兵力を抱えていた。

その後、フール軍と源氏軍は激戦を重ねたが、その勝敗は――。

†

酒呑童子と化した頼朝は強かった。

魔王を一騎討ちで討ち果《は》たす実力がある俺でさえ苦戦する。

「魔王を超えしもの、の異名は伊達《だて》ではないな」

そのように自嘲《じちょう》気味に言うが、軽口をたたくような余裕がある――わけでもなかった。

酒呑童子の圧倒的戦闘力によって満身創痍《まんしんそうい》にさせられる。

折れた骨の数は七本、破裂した内臓の数は二、左腕は第二関節から下がなくなっていた。

ズタボロというか、死の一歩手前である。

俺が生きながらえているのは、この一〇〇年間、ひたすら武芸を磨いてきたおかげであった。

小勢力である愚者の国が大国に対抗するには、王自身の強さがなければ話にならないと思っていたのだ。

　改めて自身の先見性に助けられたわけであるが、あるいはだからこそこのように苦しんでいると考察することもできた。

自身が弱ければもっと楽に死ねた、というわけである。

俺の内心を読まれたわけではないだろうが、酒呑童子は哄笑《こうしょう》を漏らす。

「はっはっは、愚者の国のダークロードでも相手にならないか」

「ああ、お世辞抜きでお前の強さは魔王を超えているよ」

「古エルフ様様だ。太陽の王も相手にならなかった。俺を一騎討ちで倒せるものがいるとすれば、力のアルカナを持つダークロードくらいかな」

「一騎打ち最強の魔王か」

「そうだ。いつか対峙するが、そのための前哨戦《ぜんしょうせん》だな、貴様は」

「練習相手に選んでいただいて光栄だ。だから殺さないのか？」

「ああ、弄ばせてもらってるよ」

「慢心だな。それが敗因になるかもしれないのに」

「敗因だと？　ここから私が負ける道理があるかね」

酒呑童子はサディストめいた愉悦の表情を浮かべる。

「おまえの腕を引きちぎり、全身の骨を折ってやった」

「どうも。おかげで死ぬほど痛い」

「突入してきた三〇〇の兵は蹴散らしてやった」

「彼らは勇者だ。戦死したものは末代まで称えてやるつもりだ」

「城外での決戦も我らが圧勝、今頃《いまごろ》、おまえの部下たちの首実検をしていることだろう」

「それはどうかな」

無味乾燥で低音の声だったが、酒呑童子の気に障ったようだ。

現実を見られぬ愚か者の烙印《らくいん》を押してくれる。

「まあ、俺は愚者の魔王だから、愚か者と呼ばれてもそうですが、としか言えないが」

さらなる余裕が彼の怒りに触れたのだろう。

「ならば今、その目でおまえの軍隊が壊滅した様子を見せてくれるわ」

そのように言い放ち、俺の腹に拳をめり込ませる。

ぐはぁ、と吐血を漏らすが、頼朝は気にせず俺の前髪を掴み上げると窓の前に跪《ひざまず》かせる。

「見ろ。おまえの部下が蹂躙《じゅうりん》される姿を。おまえの兵士たちが虐殺される姿を」

得意げに窓から城の外を見下ろす。するとそこには勝利に酔いしれている源氏の軍勢が。

彼らは興奮し、戦場を闊歩《かっぽ》し、次々に俺の部下を殺している。

魔物は敗者のはらわたをえぐり、魔族は槍先に敗者の首を突き刺し、嗜虐心《しぎゃくしん》を満たしていた。

この光景を見せられた俺は肩を落とす。

絶望にうちしがれる。

なにもかもが無駄になった虚無感《きょむかん》に包まれる。

――そんなふりをした。

そしてその演技を、酒呑童子は信じた。

その一瞬、絶対的勝利を確信したその瞬間、俺はそれを待っていた。

やつが俺から目を離したその瞬間、俺は呪文《じゅもん》を唱える。

「――ここではない場所、誰《だれ》も見たことがない光景」

古代魔法言語でそのように唱えると、窓の外の景色が一変した。先ほどまで虐殺が繰り広げられていた戦場の光景が変わったのだ。無論、戦場であることには変わりないが、先ほどのような血生臭いものではなく、愚者の軍隊が勝利の旗を掲げている戦場が映し出された。

「な、なんだと⁉　こ、これはなんだ⁉」

俺は、驚愕する酒呑童子に言い放つ。

「そのままの光景だよ。おまえの弟範頼は負けたようだ」

「馬鹿な、倍の軍勢がいたのだぞ」

「ならば倍以上、俺の軍隊が強かったということだな」

酒呑童子は旗を振り、勝利を宣言するジャンヌの姿を忌々《いまいま》しく見つめる。

えいえいおう、と勝利の雄叫《おたけ》びを挙げる俺の軍を呪詛《じゅそ》する。

俺の軍隊は源氏の軍とは違い、敗者にも寛容で、投降したものを許し、治療までしていた。

酒呑童子は苦々しくその姿を見つめる。俺の軍が見せる慈悲も、敵の慈悲に縋《すが》る源氏の軍も腹立たしくて仕方ないようだ。

鬼のような呪詛を送るが、それで覆《くつがえ》ることはないと悟ったやつは、俺を殺すことによって事態の好転を図る。

城の外では敗れたが、まだ一〇〇〇近い近衛兵が残っていた。彼らとともに籠城《ろうじょう》し、戦力の充実を図ればまだまだ再起できると睨んだのだろう。その考えは正しい。なにせこの男は異世界の日本でそれと似たようなことを何度も成功させているのだ。ここでできないと言い張るのは無能のすることであった。

だから俺はやつに首を渡さないことによって再起を阻《はば》む。

やつがその馬鹿力《ばかぢから》で俺の首を刎ねようとしたその瞬間、魔法を使ったのだ。正確にはやつが窓の外に気を取られている間に掛けていた魔法を発動させた。

その魔法とは《幻影》の魔法。

やつは幻の俺の首を切り落としたのだ。

現実の俺はすでにやつから離れた場所におり、そこで魔法を詠唱していた。

古代魔法の奥義、禁呪魔法とも呼ばれる秘技の詠唱を始める。

「生命と暗黒の狭間《はざま》に生まれし、異形の児よ。

ただ、ひたすらに自由を求めん。

無尽の言霊《ことだま》となって相手を滅せよ！」

すでに半分ほど詠唱しているが、これが完成すればやつは消し炭となるが、頼朝は賢い男だった。禁呪魔法の詠唱がまだ半分であり、止める余地があることに気がつく。

頼朝は風と一体化したような速度で俺の懐《ふところ》に飛び込み、鉈《なた》のような刀を振り上げるが、それが振り下ろされることはなかった。

やつの足がちぎれ、鉈を持つ手が吹き飛ばされたからだ。

跪き、宙を飛ぶ己の右手を凝視する鬼。

何事が起こったかわからないようだ。

俺にもその姿が見えたわけではないが、確信はしていた。

〝仲間〟が救いに来てくれたのだ。

俺に忠節を捧げてくれている英雄がふたり、〝間に合った〟のである。

俺は彼らの名前を心の中で叫ぶ。


九郎判官《くろうほうがん》義経!


彼女（彼?）は「応!」と野太刀を掲げる。

右手を切り落としたのは彼女のようだ。

次いで読み上げるは、

明智日向守光秀！


彼は「ははッ！」と刀を振り回す。

足を切り裂いてくれたのは彼であった。

さすがは乱世の武人、老いたとはいえその力はなかなかであった。


俺はふたりの忠臣に感謝を捧げる。

義経は同じ源氏との戦いで辛《つら》い思いもしたであろう。

兄との確執もあり、虚心では戦えなかっただろうに、私情を挟まず、戦場に立ってくれた。

そして想像以上の武功を挙げてくれたのだ。

光秀はもっと辛かったはずだ。事前に約束を取り付けた上での裏切りであったが、敵には侮蔑《ぶべつ》され、味方にもいい顔をされなかっただろう。あるいは彼の汚名は一層広がり、今後も蔑《さげす》みの対象になるかもしれなかった。しかし、それでも彼は俺の策を受け入れ、裏切りものを演じてくれたのだ。

このような忠臣をふたりも得られたことは僥倖《ぎょうこう》であった。

将来、歴史書が編纂《へんさん》されるとき、このように記載されるはずだ。

ダークロード・フールに過ぎたるものが三つあり。愚者の城と明智日向と九郎判官。

必ずそのように記されることは間違いなかった。

俺は心の底から感謝しながら禁呪魔法を完結させる。

身体の中心から湧き出《で》た膨大な魔素《マナ》を掌に集約させる。

そして最後の言葉《ワード》となる古代魔法言語を放つと同時に魔力を解放させる。

《灼熱太陽《プロミネンス》》と呼ばれる小太陽を作り出す究極魔法を発すると、それを酒呑童子目掛け、放つ。

何億度にもなる高温の熱源体はあっという間に鬼を包み込むと浄化する。

手足を切り裂かれた鬼は何も抵抗できずに原子に還元していく。

彼は最後に、

「なぜ、自分よりも弱きものに。愚者に負けねばならんのだ」

そのような疑問を口にする。

原子に還元していく鬼には届かないだろうが、その問いに応《こた》える。

「確かに俺はおまえより弱い。しかし、俺には仲間がいる。命懸けで俺に付き従ってくれる仲間だ。確かにおまえはなにもないところから天下を得た傑物だ。しかし、日本でもカルディアスでも人を信じることができなかった。だからおまえは負けたんだ」

その言葉がやつの耳に届いた瞬間、太陽に呑まれる。

最後にわずかだけ表情を変えたが、俺の言葉に感化されたのだろうか、とても穏やかな顔をしていた。

次、彼がこの世界に召喚されたとき、もしかしたら強敵となっているかもしれない。

義経、光秀の例を出さずともわかると思うが、人の心を持った英雄はなによりも強い。

ましてや源頼朝は英雄の中の英雄であった。

俺は好敵手であった彼に祈りを捧げる。

彼は仏教徒であるから、仏教式の祈りであったが、書物から得たものであったのでどこか間違っていたかもしれない。

しかし、義経も光秀も指摘することなく、一緒に頼朝の死を看取ってくれた。

こうして俺は愚者の城奪還に成功する。

祈りを終えるとふたりは改めて俺の前に跪き、忠誠を誓ってくれた。

ふたりは俺を玉座へと誘う。

改めて愚者の玉座へと座ると、窓の外から歓声があふれた。

兵士たちはもちろん、城奪還の報告を聞いた民衆たちが駆けつけ、俺の帰還を祝ってくれた。

偉大な魔王フール様、我らが王よ。

この世で最も愚かで、最も賢き王よ。

我らはあなたの帰還を祝福します。

永遠にあなたの支配を望みます。

どうか我らに豊穣と平穏をお与えください。

このときの祝詞《しゅくし》と光景は絵巻物に描かれ、永遠に語り継がれることとなる。

英雄支配のダークロード伝説の序章として、民衆の語《かた》り種《ぐさ》となったのである。

†

一連の戦いは激戦であった。八〇〇〇いた我が軍の兵士は一〇〇〇が死亡、負傷者三〇〇〇を数える。

それだけの被害で五〇〇〇〇の兵を追い返し、名将張遼を討ち取り、一三〇〇〇の兵を壊滅させ、源氏一族とその首魁《しゅかい》頼朝を討ち取ったのだから、素晴らしい戦果だ、と言うものもいるが、味方の被害は少なければ少ないほどいい。

戦が終わると俺は味方兵の治療を手伝った。

ただ、俺自身も骨を砕かれ、内臓を破壊されていた。おまけに左手も切られていたから半死人である。

俺はジャンヌに強制的に縛り上げられてしまった。

屈強な魔族がやってくるとベッドに縛られ、そのまま寝室まで運ばれた。

えっほえっほと運ばれる様は情けないが、さらに情けないことに途中で意識を失う。本当に死の一歩手前であったようだ。


——俺が目覚めることができたのは、ジャンヌの抱える治癒師の優秀さと、メイドのスピカの献身的な看護のおかげだった。

文字通り、彼女は不眠不休で俺の面倒を見てくれた。

俺が汗をかけばそれを拭《ぬぐ》い、高熱を出せば氷嚢《ひょうのう》を用意し、苦悶《くもん》の表情を浮かべれば己の信じる神に回復を祈った。

無論、他のメイドも同じようにしてくれたが、非番のとき、お百度参りをし、水垢離《みずごり》までしてくれたのは彼女だけだった。

異世界のメイドが和風チックであるが、どうやら義経と光秀から願掛けのやり方を聞いたようである。ちなみにそのふたりも俺の回復に心を砕いた。義経は解熱の薬草を摘むため、強力な魔物が潜む湖まで向かった。

光秀は懇意にしている僧に護摩《ごま》焚きをさせ、己も一緒に祈った。

そんな三人の熱意が通じたのか、三日後、俺は目を覚ます。

元通りにくっついている左腕を動かす。

なんの問題もなさそうだ。

切れ方がよかったのと、治癒師の腕のおかげである。魔王とはいえ蜥蜴ではないのだから、簡単には生え替わったりしないのだ。

左腕が無事であることを喜んでいると、入れ替わり立ち替わり部下たちがやってくる。

まずはジャンヌ、涙を流しながら俺の胸に飛び込んでくると、小一時間ほど鼻水を流す。

フール様の勝利、一瞬たりとも疑ったことはありません、とは言うが、彼女も今回の勝利が薄氷の上にあったことを分かっているのだろう。以後、玉体を敵にさらさないように提案してくる。

俺のような若輩に部下が命を捧げてくれるのは、常に前線にいるから、と言いたいところだが、心配性のジャンヌに言う必要はないだろう。

「俺のいない間に軍を指揮してくれてありがとう。君だから安心して任せられた」

とその綺麗《きれい》な金髪を撫でる。

「一生の誉れでございます！」

と感極《かんきわ》まるが、俺をぎゅーっと抱きしめるので傷口が開きそうになる。治癒師がふたりがかりで彼女を押さえつけると、退出と相成った。

「傷口が塞がったらジャンヌめが、溜《た》まりに溜まったものを解き放って差し上げます」

と廊下から聞こえてくるが、無視しておこう。

その次にやってきたのは義経と光秀だった。

このふたりは直情なジャンヌとは違って穏やかだった。

見舞いの花やお札をくれる。

一刻も早い回復を祈っているとのことだった。

ふたりの表情を見つめる。

義経は憑き物が落ちたかのように穏やかな顔をしていた。仇敵にして劣等感の源である兄がいなくなったことにより、心穏やかになったように見える。源氏との戦いによって彼女の心身は強くなったように見える。

事実彼女は、

「早く次の戦場に行きたい。迷いが晴れた義経は超強いぞ」

と元気を見せる。

早くその成長ぶりを確かめたいが、その前に確認したいのは光秀の表情だった。今回の戦いで一番つらい思いをしたのは彼だ。我らからは裏切り者扱いされ、源氏も裏切ることになったのだ。ともに考えた末での決断であったが、心穏やかなはずはなかった。

だがどうだろう、この場に現れた老人のなんと涼やかなことか。

まるで何十年も修行に励んだ高野山《こうやさん》の聖《ひじり》のようだ。

そのように許すと、老人はにかりと笑った。

「そのようなたいそうなものではありませんが、一連の戦いによってそれがしも成長することができました。感謝いたします」

「なにを言う。つらい思いを押しつけてしまってすまない」

「それは魔王殿も同じ。優しい魔王殿のことですからそれがしに役目を押しつけることに難儀したことでしょう。そしてなによりも裏切り者の代名詞であるそれがしが裏切らないと信じてくれた。いや、信じ抜いてくれた」

それがなによりも嬉《うれ》しかった、と。

老人は再びにかりと笑うと深々と頭を下げる。

それを見ていた義経も頭を下げる。俺にではなく、光秀に。

「義経は貴殿が敵に寝返ったと信じてしまって酷《ひど》い言葉を投げかけた。すまない」

「なあに、気になさるな。それがしと魔王殿の演技力が通用したということだ。逆に嬉しい」

「…………」

光秀の気遣いに感じ入った義経は、「この恩、いつか必ず」と言った。

光秀は気にする様子もなく、年長者として余裕を見せる。

「さあて、魔王殿は元気なようだが、病み上がりではある。将軍である我らが補佐をせねば」

そのように言うと、どうしても俺の許可が必要な決済だけ詳細を尋ねると、寝室をあとにした。義経もその後ろに続く。猪武者である彼女は書類仕事が大嫌いであるが、放棄する気はないようだ。むしろ〝尊敬の念〟を抱いた先輩から軍政を学ぶべく、生まれたてのひよこのように付き従った。

「いい相棒《コンビ》になるかもしれないな」

そのように漏らすと、最後に現れたのは、今、もっとも会いたい人物だった。

俺が意識を失っている間、寝ずの看病をしてくれた少女。

己の身をいたぶることによって俺の回復を祈ってくれた少女。

俺が森で拾った奴隷の少女スピカである。

彼女の肌は色素が薄かったが今日はそれが際立《きわだ》っている。

無茶なお百度参りと水垢離のせいであったが、彼女は恩着せがましいことなどひとつも言わなかった。

ただ、意識が戻った俺の姿を見ると、つつーっと頬《ほお》に一筋の涙を流し、

「──嬉しゅうございます、魔王様」

とだけ言った。

俺も余計な言葉などで飾らず、可憐なメイドにこう言った。

「君の淹れた紅茶が飲みたい」

その願いに彼女はにこやかに答えた。

「──はい」

と。

あとがき

ＧＡ文庫の読者の皆様！　はじめまして！　作家の羽田《はた》遼亮《りょうすけ》です。よろしくお願いいたします！

「ＧＡ文庫」といえばＧＡってなんの略なのでしょうね？　先輩作家や編集者に聞いても誰《だれ》も教えてくれません。皆、目を背《そむ》けてしまいます。

なにか重大な秘密があるのではないかと睨《にら》んでいるのですが、ある日、突然、黒服の男がやってくるかもしれませんので、この話はこの辺にさせていただこうかと。

本作、「英雄支配《えいゆうしはい》のダークロード」いかがでしたでしょうか？　本作は魔王を主人公にしたダークヒーローものです。ただし、慈悲と慈愛に満ちた魔王で、人間的な葛藤《かっとう》も持っています。そんな人間くさい魔王が「負け組英雄」を従え無双したら面白《おもしろ》いのではないか、そんな着想の元に生まれました。

羽田はもともと、歴史が好きな上に判官贔屓《ほうがんびいき》、わくわくしながら書ける題材なので毎日、書く幸せをかみしめています。

さて、そんな本作ですが「コミカライズ」が決定しています。発売時期は未定ですが、ぜひ、コミックも応援ください。

それと私事で恐縮ですが、他社様でも「リアリスト魔王《まおう》による聖域《せいいき》なき異世界改革《いせかいかいかく》」「影《かげ》の宮廷魔術師《きゅうていまじゅつし》」「魔王軍最強《まおうぐんさいきょう》の魔術師《まじゅつし》は人間《にんげん》だった」「神々《かみがみ》に育《そだ》てられしもの、最強《さいきょう》となる」「最強不敗《さいきょうふはい》の神剣使《しんけんつか》い」「古竜《こりゅう》なら素手《すで》で倒《たお》せますけど、これって常識《じょうしき》じゃないんですか？」など、いろいろ出版しております。すべてコミカライズしており、どれも大ヒットしています。興味がある方はぜひ、こちらも！

それでは本作を最後までお読みいただきありがとうございます。二巻のあとがきでもお会いできることを楽しみにしております。

ファンレター、作品の
ご感想をお待ちしています

〈あて先〉

〒106－0032
東京都港区六本木2－4－5
SBクリエイティブ（株）
GA文庫編集部 気付

「羽田遼亮先生」係
「マシマサキ先生」係

本書に関するご意見・ご感想は
右の QR コードよりお寄せください。

※アクセスの際や登録時に発生する通信費等はご負担ください。
※この物語はフィクションです。実在の人物、団体等は関係ありません。

https://ga.sbcr.jp/

英雄支配《えいゆうしはい》のダークロード

発　行　　2022年3月31日　初版第一刷発行
著　者　　羽田遼亮
発行人　　小川　淳

発行所　　SBクリエイティブ株式会社
〒106-0032
東京都港区六本木2-4-5
電話　03-5549-1201
03-5549-1167（編集）

装　丁　　木村デザイン・ラボ

印刷・製本　中央精版印刷株式会社

ISBN978-4-8156-1204-7
Printed in Japan　　GA 文庫

第15回 GA文庫大賞
GA文庫では10代～20代のライトノベル読者に向けた
魅力あふれるエンターテインメント作品を募集します！
世界を書き換えろ！
イラスト／ファルまろ
大賞賞金300万円＋ガンガンGAにて、コミカライズ確約！
◆募集内容◆
広義のエンターテインメント小説（ファンタジー、ラブコメ、学園など）で、日本語で書かれた
未発表のオリジナル作品を募集します。希望者全員に評価シートを送付します。
※入賞作は当社にて刊行いたします。詳しくは募集要項をご確認下さい。
応募の詳細はGA文庫
公式ホームページにて
https://ga.sbcr.jp/